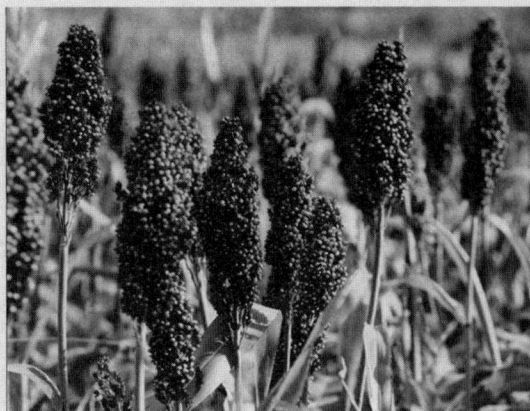

我用往事读懂你

Memories of the past

吴春玉/著

济南出版社

图书在版编目（CIP)数据

我用往事读懂你/吴春玉著. 一济南:济南出版
社，2015.8（2023.5重印）
ISBN 978—7—5488—1759—8

Ⅰ. ①我… Ⅱ. ①吴… Ⅲ. ①散文集—中国—当代
Ⅳ. ① I267

中国版本图书馆 CIP 数据核字（2015)第 209308号

我用往事读懂你

责任编辑	贾英敏
装帧设计	侯文英　张　倩

出版发行	济南出版社
地　　址	济南市二环南路 1 号（250002)
网　　址	www.jnpub.com
印　　刷	肥城新华印刷有限公司
版　　次	2015年 9月第 1 版
印　　次	2023年 5 月第 2 次印刷
成品尺寸	150毫米 ×230毫米　16开
印　　张	12.75
字　　数	150千
定　　价	39.80 元

济南版图书,如有印装质量问题,可随时调换。
联系电话：0531—86131736

目 录

目 录

花 猫

妈妈在外屋烙饼的时候,油烟从纱窗里一丝丝地透出来,夹杂着熟透了的豆油和油饼的香味。你趴在院子西边的猪圈顶上,红色的瓦片在你的小脚下安稳地待着。你紧了紧鼻子,鼻孔就放大了,那些气味钻进了你的肺,肺传给了大脑,大脑又传给了嘴巴,于是,你的口水就流出来了。你想要吃烙在锅底的那张饼,被油炸得香香的油饼会撑饱你的肚皮,然后你就挺着小肚子睡个长长的午觉。

不过,现在你还不能爬下去吃饼。你要继续往上爬,爬到最顶端,你就能够到西院儿果树上伸过来的果子。果子还没有熟透,被太阳晒着的地方是红色的,被叶子挡住的地方是绿色的。你喜欢吃这样的果子,酸酸的味道会让你每次想起时都不住地淌口水。淌口水似乎是你的强项,二叔和二婶在奶奶家西屋聊天逗你的时候,你就把口水淌在了他们新买的褥子上。你不晓得为什么二叔和二婶的嘴巴就不淌口水,不过管他呢,褥子又不会一直干净,淌上口水洗洗就是了。

你慢慢地挪动着小脚,趴在猪圈顶上就和园子里的苞米秧一样高了,你低下头会看见大白种猪在猪圈里一边吃食,一边甩着尾巴赶苍蝇。你有点害怕,的确是有点高,而且下边还有那么庞大的

于是，你想尽一切办法防备着猫，那只睡在猪圈西侧的大花猫成
了你生命里的戒备，以至于戒备着所有像它一样的动物和人。
（摄影：吴春玉）

动物。你觉得还是把头向上看比较好，天很蓝，几块大白云慢慢地
向东移动。你马上就要够到猪圈顶西边的果子了。

好不容易蹭到了顶上，你伸手握住一个果子，使劲一拽，"唰"
的一下，一个果子就拽下来了，还掉了几片叶子。叶子往下落，一
个庞然大物往上冲——你万万没有想到，猪圈顶西侧的果树枝底
下睡着一只大花猫！

是的，大花猫被你惊醒了。它冲了上来，四只爪子一下子钉在
了你的右胳膊上，你有一种被巨大的"贴树皮"贴在身上的感觉，
不，比"贴树皮"还要厉害。"贴树皮"是杨树上的一种毛毛虫，像半
根火腿肠那么大，身体上长着非常多的毛。你从来不敢在枝叶茂
盛的杨树下玩，因为你曾亲眼看见"贴树皮"贴在张大庄子的后背
上，吓得你看见张大庄子都要远远绕着走——生怕他会

把"贴树皮"弄到你的身上。

而现在,你的右胳膊上贴着一只比"贴树皮"大好几百倍的大花猫,它还有非常尖利的爪子,爪子就嵌进了你的肉里。你"哇"地哭了起来,一边哭喊,一边用左手抓猫的脑袋。大花猫也凶狠地叫,越叫爪子蹬得越厉害,爪子蹬得越厉害,你的右胳膊越血肉模糊。你吓得腿都软了,全身发麻,哭得快憋了气。

你和大花猫的搏斗惊动了正在吃食的种猪,它可能以为天打雷了——因为你们就在它的房顶上厮杀。你脚下的瓦片松动了,你就要滚到猪圈里了。

你战胜不了大花猫。

它有尖利的爪子——就在你的右胳膊上,你用血和肉感受到它的尖利。

眼泪、鼻涕和口水被猫搅得你满脸都是,你看不清猫的脸,你的呼吸开始短促,你希望在外屋烙饼的妈妈出来救你。

但妈妈没有出来,因为烙饼的声音掩盖了你已经抽泣不成声的叫喊。

后来,正好爸爸铲地回来。爸爸用锄头赶走了大花猫,把你抱了下来。你趴在爸爸的肩膀上抹眼泪,从爸爸的肩膀上看到种猪又在一边吃食一边甩着尾巴赶苍蝇,看到猪圈顶上落下的果树叶子,你的右手里还攥着刚才拽下的果子。

也许就是那个时候,你还五六岁的时候,被大花猫挠过胳膊之后,你再看见猫时,身体就不由得发麻,尤其是右胳膊,会一阵一阵像被电击了一样。

那只大花猫不是你家的猫,你也不知道是谁家的。

你家里也有猫,也是花猫,不过要比和你搏斗的那只小很多,但是你不再碰它们了。

晚上睡觉的时候,爸爸会把猫从天棚的洞口放进去,猫会在天棚里抓耗子。有时候你会担心猫会半夜偷偷从天棚里跑出来,钻进你的被窝,在你幼小的胳膊上恶狠狠地抓上几道血糊糊的印子。你黑夜中盯着那个洞口看,猫却始终没有偷偷出来。

猫出来的时候天已经亮了。它有时候嘴里叼着一只耗子,鼻息很重地跑到墙角里去。

几乎家家都有猫,你走到哪里都能看见猫。有人在的时候你装作无所谓的样子,你心里却做好了防备,你想象着万一猫扑过来你要怎样对付它。不过,有人在,你总会放心一点,因为他们会帮你。要是没有人在,你宁愿绕很远的路,也不要经过猫的地盘——就像你绕着张大庄子走路一样。

其实,你也知道猫很少平白无故地攻击人。可是,那场猪圈顶上的搏斗始终没有在你的心头散去,以至于在你成长的年月里,时时都有猫的影子。在你费心地想要伸手拽某个果子的时候,它们就会冲出来,瞪着圆圆的眼睛,伸出爪子抓到你的右胳膊,尖利的爪子透过胳膊刺痛你的心。

于是,你想尽一切办法防备着猫。那只睡在猪圈西侧的大花猫成了你生命里的戒备,以至于戒备着所有像它一样的动物和人。在这样的戒备里,你不安地躲着它,可它却时常地来到你的梦里,让你年幼的身体和灵魂时不时地受到一次又一次的惊吓。

你觉得真的要保护好自己,要做好充足的防备。当你再想要伸手拽果子的时候,你学会了先要把自己武装好,或者左手里拿好一根棒子,万一不小心又有一只大花猫冲出来,你会一棒子打过去。

黑 狗

你对狗有一种特别的厌烦，或者说你对所有缠着你的事物都有一种厌烦，这种厌烦在你幼小的内心中隐藏着。它像一个小鞭炮，当你不被缠着的时候，它就在你心里安稳地睡着觉，一旦你被一些讨厌的事物缠着的时候，小鞭炮就会"啪"的一声炸响，把你的头炸得嗡嗡响，然后你就开始对着那些东西张牙舞爪，大喊大叫。

你想这些的时候，你正在院子里的电表杆子旁看着你家的黑狗大口大口地舔着你刚刚扔过去的骨头。黑狗的脖子上拴着一条大铁链子，铁链子的另一头拴在了狗窝门上。两个月前，黑狗脖子上拴的不是铁链子，而是一根粗一点的皮绳子。皮绳子根本拴不住黑狗，它总是能把皮绳子咬断，然后大清早地跑到房门边一个劲地挠着铁皮门。狗爪子划过铁皮门的声音实在是有点像一场诅咒被施在了人身上的感觉，从耳朵根一直疼到脑袋里，都能感觉到整个身上的毛孔都惊悚得张开了。任凭你把枕头被子都压在耳朵旁都躲避不掉，那种声音伴着黑狗汪汪的叫声让你们一家人都睡不好觉。这个时候，爸爸会愤怒地爬起来，冲到门口把黑狗赶回狗窝。可是，当爸爸重新回到被窝，黑狗就又离开了狗窝——它就是这样，以它的方式在和爸爸玩着一场回窝离窝的游戏。

后来，爸爸到集市上买回来一条铁链子，黑狗是咬不断铁链子的,所以现在它只好在铁链子能达到的范围内活动。但是,它从来没有安分过,它总是会去扑抓它的邻居——鸡。鸡窝和狗窝是挨在一起的,本想着让黑狗帮助鸡看好家门,可是它倒好,不但不能看家,还开始窝里斗。狗扑向了一只刚下完蛋的母鸡,母鸡下完蛋的叫声本来就是絮絮叨叨的——那个声音曾在你午睡的时候不断地响起,以至于你总会梦见自己去捡鸡蛋。黑狗扑向母鸡的时候,母鸡"嘎"的一声飞了起来,虽然没有飞多高,但是这一飞还是跳出了黑狗的铁链范围,翅膀扑棱起的尘土中有股重重的鸡毛的味道,黑狗就在这个味道里对着母鸡汪汪地叫。

母鸡只会逃,除了老鸹子。母鸡自己孵出鸡仔儿之后,就被叫作"老鸹子"。你家的母鸡里没有老鸹子,所以和黑狗抗衡的只有公鸡。公鸡被黑狗缠着的时候,会扑棱起翅膀张开大嘴啄黑狗,这是公鸡的独门绝技,公鸡和公鸡之间就是这样打斗的。公鸡和黑狗的决斗从来都是公鸡胜出,那也是你所希望的——连一条被拴着铁链子的黑狗都打不过,还配是公鸡吗?若一条拴着铁链的狗还能打败公鸡,那这条狗是要好好教训一下了。

你刚才就是去鸡窝里看看有没有鸡蛋,可是你刚走到黑狗的活动范围里,这条讨厌的黑狗就摇着尾巴蹭到你的脚边来。你十分厌恶黑狗对你献媚。以前黑狗还是小黑狗的时候,你走到哪儿它就跟到哪儿,还在你的腿脚边闹个不停,甚至你要迈出一条腿的时候,都像有一堵墙挡着,你又踢不走它。你去捡鸡蛋的时候,它又来了。你马上站好,指着它大声叱喝,它稍微愣了一下,继续跑过来,你心里的小鞭炮就这样又被点爆了。

你扯着嗓子大喊,叫它滚开!叫它不要再缠人!叫它给你回窝里好好趴着去!

它才不听呢!

脸皮真厚!

你又蹲下身,假装捡石子——村子里所有的狗都害怕这一招,这是那些狗最大的弱点。你蹲下身,假装捡石子,再站起来,扬起胳膊,往前假装一扔,狗就会被吓跑。你曾一度对很多拦路的狗使出这一招,这时,你对黑狗也使出了这一招,果然,它撒腿就跑回了狗窝。

与狗的对峙,其实,就是一场虚假的斗争。

你拍了拍裤腿上的尘土和黑狗身上掉下来的毛,走开了。

你回到了屋里,黑狗又爬到了窝外。

你看到锅台上有几根剩下的肋巴骨,你拿了一块大的走出来,扔给了黑狗。

黑狗冲着骨头跑过去,叼到狗窝边开始吃起来。你看见黑狗的毛实在不成样子,有的毛已经掉了,换上了新的毛,有的毛还没有掉,厚厚的像破棉花,整个狗的样子就像每年都要来村子里讨饭的乞丐。掉了的狗毛缠在铁链子的缝隙里,你真想从井里打上一桶水,给它从头到尾浇一下。

趁着黑狗吃骨头的当儿,你回屋里睡午觉了,你才不想傻呵呵地倚在电表杆子那儿看着它。难得的鸡犬安宁,你可不希望自己再梦见捡鸡蛋或者看鸡狗大战了。

蛐蛐儿

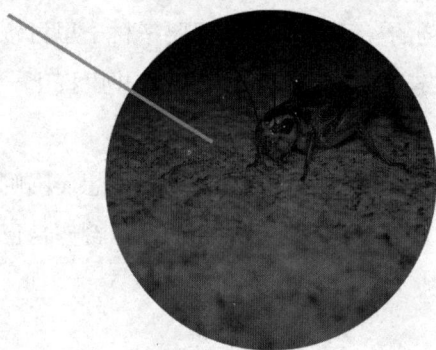

　　入秋的时候天就变凉了,晚上的时候,院子里的白菜叶子上就会慢慢结上一层霜。月亮照在白菜叶上,白菜的绿色就定格下来,那样的绿色里有一种冰凉的感觉。你很想把白菜搬到你家炕头上焐一焐。你家的炕头很热乎,你很喜欢把肚皮贴到炕头上烙一烙,炕头的热气会通过你的肚皮一点点渗透到肠子里,你能感受到晚饭吃的茄子在肠子里慢慢变热。一起变热的还有你喝进肚子里的凉水,凉水变成热水,热水变成热气,热气变成一个屁,"噗"的一声放出来。

　　再干脆的屁也没有蛐蛐儿的叫声那样响亮,一个屁放出来,很少会再放第二个屁——除非那天吃的豆子太多了。而蛐蛐儿的叫声却是一声接着一声,"曜——曜——",有时候一声叫得很长,很缓慢,有时候却叫得很短促,更多的时候是两三声两三声那么连着叫,叫得你的耳朵都跟着一直鸣叫。蛐蛐儿的叫声在冰凉的秋夜显得那么清亮,像是在呼唤什么。

　　你悄悄爬出被窝,披上一件小衣服,拿着手电筒小心地走到外屋门旁的墙角。爸爸妈妈以为你起夜了,其实你想看蛐蛐儿怎么叫。你知道公鸡怎么叫,公鸡是站在你家东边的小矮墙头上扯着脖子对着天高昂地叫，有时候脖子上还会抖落一两根鸡毛；你也知道狗是怎么叫，你家的黑狗是张开大嘴对着人愤怒地叫，你想不明白它合上嘴时怎么就咬不到舌头。可是，蛐蛐儿是怎么叫的呢？竟然能叫出像春天的时候你用小柳条做的小叫叫儿那样清脆的声音，你想要趁着它叫的时候好好看一看。

这只蛐蛐儿就躲在墙角的缝隙里，你摸黑顺着叫声一点一点走近它。和它应和着叫的还有外面墙根儿底下的蛐蛐儿，那里大概还有两三只。不过，你想着大概所有的蛐蛐儿都是一样叫的，因为它们的声音都差不多，你看清楚这一只，就知道所有的蛐蛐儿是怎么叫的了。

晚上的空气真的凉了，从门缝里挤进的凉风吹到你的腿上，也吹到了你的肚皮上，你好不容易焐热的肠子里的茄子又变凉了。不过，没有关系，你顾不上这些。你的右手里捏着手电筒，手电筒还没有打开，你怕蛐蛐儿见到亮光会停止鸣叫。你悄没声地蹲下身来，大腿和小腿接触的时候凉得有些发痒，你用左手轻轻地挠了挠大腿，眼睛还是盯着墙角的缝隙。借着月光，你看见那里有一个小黑点，像手指甲那么大，你知道那一定是鸣叫的蛐蛐儿。

你慢慢地用手电筒对着它，慢慢地把手电筒打开，就在一束光照在缝隙的那一刻，你真切地看见了它，它的后腿和翅膀颤抖了一下就伏在那里，一动不动。你也一动不动，手电筒的光就停在那里，像动画片里的追光灯打在猫和老鼠的身上一样。此时，你眼前的这只蛐蛐儿就是动画片里的主角，它是那么可爱。

蛐蛐儿不动的时候声音就停止了，你也停止了。你可不想让蛐蛐儿知道有个小孩儿在注视着它，所以你要让蛐蛐儿以为这束光是突然亮起来的，不是为了看它怎么叫才亮的，否则它就会被吓跑了。

就这样停止了好一会儿，你们谁都没有动。你又把手电筒关掉了,你的眼前马上变黑了,像蛐蛐儿身体那么黑。你没有站起来,好戏还在后面呢,你要一直保持这样的姿势。

过了一会儿,你的眼睛适应了黑暗之后,便还借着月光看蛐蛐儿——它没有被吓跑,它又开始叫了起来,应和着屋外面的蛐蛐儿叫。

你又推了一下手电筒的开关,蛐蛐儿的后腿和翅膀又颤抖了一下停下来——它又没有声音了。你不由得想笑,笑声刚到嘴边,被你闭紧的双唇拦了回去,可是你的脸上分明有了一种窃喜,你猜到了蛐蛐儿一定是靠着后腿和翅膀的抖动来发出声音的,这倒和蚂蚱的叫法有点像,和公鸡和黑狗完全不一样,难怪蛐蛐儿的身边会有一点细碎的尘土,原来是它鸣叫的附属品。

你再一次关掉了手电筒,悄悄地挪了挪蹲得发麻的双腿,你摸到你的腿上被风吹出了鸡皮疙瘩,你很想知道蛐蛐儿的后腿上有没有被吹出鸡皮疙瘩来,被吹出鸡皮疙瘩的蛐蛐儿是不是叫声就沙哑了呢?

你又听到了蛐蛐儿的鸣叫,你噘起小嘴也学着它叫,它听到你的叫声又停下了。你以为它被吓跑了,就推亮了手电筒看。它没跑,它还是伏在那里,一动不动,晃动着两条触角,像是在探察什么情报。这一次你没有把手电筒关掉,就这样一直照着它。过了很久,它又开始叫了,两条后腿快速地抖动着,翅膀也快速地抖动着,"嚯——嚯——"的叫声就来自那里!你也学着它抖动着蹲下的双腿,可是你发不出什么声音,倒是又放了一个屁。

这个屁不但吓跑了蛐蛐儿,也吵醒了你爸爸。你爸爸在屋里炕上问你干什么还不睡觉,你马上站起来跑回屋里,关上手电筒就钻进了被窝。你没有理睬你爸爸,不睡觉又怎么样?蛐蛐儿不是也不睡觉吗?不但不睡觉,还一个劲儿地鸣叫,哈哈!你想到这里的时候,你笑了出来。不过,你又马上止住了笑,你还不想把不睡觉时的重大发现告诉任何人。爸爸的鼾声又起来了,随着鼾声起来的还有蛐蛐儿的叫声。

你趴在被窝里往外屋看,你想借着月光看看那只蛐蛐儿回没回来,你侧过耳朵细听是不是那只蛐蛐儿发出的声音,你想着夜风千万不要把蛐蛐儿的腿吹出鸡皮疙瘩来。

蚯 蚓

　　春天来的时候，家家户户都会在园子里晾苞米。你家的苞米就晾在南园子里，你光着脚丫在苞米上蹚出一条条垄台儿，脚心踩过苞米粒的时候有点痒，苞米粒会划过你的脚背，也有点痒。几只母鸡会在边上吃苞米，你要时不时地跑过去赶走它们。

　　晾过苞米的南园子地面很光滑，等下过几场春雨之后，你妈妈会翻园子，把园子里的土一块一块地挖开，把大土块儿打碎，土块儿越细碎种出的菜长得就越好。你也拿着叉子跟着妈妈翻园子，妈妈叫你去靠近西边的篱笆旁翻那块比较松软的土地。你从地头开始翻，把叉子插进土里，然后你踩着叉子的上边，透过夹鞋的塑料鞋底，你的脚心感觉到叉子边的坚硬。你用力地多踩了几下，一直踩到叉子差不多完全插进土里，你就下来了。你用力地搬动叉子的柄，使劲儿往下一压，叉子就挖开了一部分土。你把土翻过来，用叉子的背面猛拍几下，土块就开始变碎。有时候你拍打的土块会溅起一些，溅到你的脸上，鼻子上，你能闻到土块新鲜的气息。有时还会溅到你的脖子上，顺着领口钻进你的衣服里，你的后背就感觉到一阵痒。你抓着衣服用力地抖，那些小土块儿就从衣服底下滚落，滚到你的脚边，你抬起脚把它们踩碎。

　　翻着翻着，你发现你翻过的土里有一条细细的东西在蠕动。

你放下叉子,蹲下身看,那是一条蚯蚓。它使劲儿地滚动着,身上有点湿润的泥土都被它滚掉了。好不容易滚得干净了,它开始往前爬,爬得很慢。阳光照在它的身上,泛出一条油亮的线来。蚯蚓很怕光,它找到一条土缝就往土里钻。它不动的时候,你根本分不清它的身体哪边是头哪边是尾巴,只有动的时候你才知道。你刚刚能分清它的头,因为它的头就在往前爬的那边。不一会儿,它钻进了土里,你看不见了。

你喊你妈妈,指着蚯蚓爬进的那块土,告诉你妈妈那里有一条蚯蚓。你妈妈停下来看着你笑了笑,抬起手擦了擦额头上的汗。你回过身拿起叉子,在蚯蚓爬进的土里小心地插了进去,然后把土翻出来,那条蚯蚓又出现了。它还是使劲儿地滚着,还是要往土里钻。你用两根小棍儿把它夹起来,像用筷子夹起一根粉条一样。它在你的小棍儿上滚动着,这一次,它滚掉了泥土,却找不到土缝了。

你小心地夹着蚯蚓走到水井边,你不是很用力,担心用力就把蚯蚓夹折了。有时候你妈妈翻园子会把蚯蚓挖断,一条就变成了两条,不过没有关系,因为妈妈说蚯蚓断了之后不会死去,断开的两段会变成两条蚯蚓。这可真是神奇的小家伙儿,比课文里的壁虎还神奇。壁虎断了尾巴能长出新的,断了的尾巴却不能变成新的壁虎,而断了的蚯蚓却能变成一条新的蚯蚓。不过,你还不想让这只蚯蚓变成两条,你要把它放进瓶子里。

你在水井边找到了正月十五的时候做小灯笼用的罐头瓶子,你把里边的小蜡烛拿了出来,把蚯蚓放进去。蚯蚓就在罐头瓶子里面爬,但是它爬不出去,因为你把盖子盖上了。

蚯蚓爬过的地方会留下一条黏液的痕迹,你以为蚯蚓被你吓得尿裤子了。你拿着瓶子跑到你妈妈跟前,举起来让她看,妈妈看着蚯蚓还是笑了笑,摸了一下你的头。你说你要继续翻园子,你还会翻出很多的蚯蚓,都装进瓶子里。

你拿起叉子又开始翻了起来,小土块继续溅到你的脸上、鼻子上,继续落进你的领口里,从你的身上滚下来。你盯着翻过的土,看看有没有蚯蚓。你还时不时地拿起瓶子,看看里面的蚯蚓有没有死去。

你就这样一边翻园子,一边找蚯蚓。你想象着蚯蚓在泥土里生活的样子,漆黑的泥土里没有一点光,蚯蚓就生活在黑暗之中。要是天上没有太阳,你和爸爸妈妈还有弟弟也会生活在黑暗之中,全村子的人都会生活在黑暗之中,连国家主席也会生活在黑暗之中,美国人也生活在黑暗之中。黑暗之中的每个人都是一条蚯蚓,他们都不知道对方长什么样,也不知道他们是胖是瘦。想到这里的时候,你看了一眼你妈妈。你妈妈长着双眼皮,和你爸爸一样。邻居家的舅奶就说她儿子娶媳妇的时候要娶一个双眼皮的,双眼皮的闺女好看。你妈妈没有这样的要求,你还小,还不能娶媳妇,而你和弟弟是长着单眼皮的。不过,要是生活在黑暗之中,也不知道谁长的是什么样的眼皮了,连娶的媳妇是单眼皮还是双眼皮都不知道了,甚至都不会存在"双眼皮"和"单眼皮"这两个词语。没有词语,就不用写作业了,连学校都没有了,哈哈!

不过,这都是不可能的!

你明明知道妈妈是双眼皮,自己是单眼皮,蚯蚓,好像没有眼皮。

那它怎么能看见路呢? 真是奇怪。

看不见路,在土里不是经常被果树根儿、茄子根儿、辣椒根儿撞到吗? 要是果树根儿、茄子根儿还好,撞个头晕也不会怎么样。要是辣椒根儿,天哪,那不会辣得全身发麻吗? 它的身体还有黏液,那不是更辣!

想到这里,你赶紧放下叉子去看瓶子里的蚯蚓,不知道它有没有被辣椒根儿撞到过,好像有,也好像没有,你无从晓得。你看见它还在瓶子里爬,瓶子的内壁全是黏液的痕迹。

　　要是没有蚯蚓,估计辣椒长得也不怎么样,因为蚯蚓在土里能帮辣椒松松土。这样说来,估计辣椒根儿也不会为难蚯蚓的。

　　你又打开了瓶子盖,把蚯蚓倒在翻过的土里,蚯蚓又钻进了土缝里。你并不担心失去它,因为你随时都能挖到蚯蚓。你只是觉得,要是想吃到果树上结的好果子,茄子秧上长的又长又鼓的茄子,那就要把蚯蚓放进土里。等园子里种上小苗之后,蚯蚓会给它们松土。连爸爸要想吃到辣椒也需要蚯蚓给辣椒秧松土。

　　放了蚯蚓之后,你又翻起园子来,你还是盯着翻过的土看,看看有没有蚯蚓。小土块还会溅到你的鼻子上,你使劲儿闻了闻,似乎能闻到泥土里蚯蚓的味道来。

花大姐

　　快到秋天的时候,种在苞米地里的豆角就能吃了。你家的南园子里也种着几垄豆角,有的豆角长得像茄子秧那么高,那是成熟得比较早的豆角;有的豆角要用架条支起来,豆角秧就沿着架条往上爬,它们成熟得比较晚;种在苞米地里的豆角就是沿着苞米秆儿往上爬,也是成熟得晚的豆角。种上不同时间成熟的豆角,你家就能在不同的时间吃到新鲜的豆角,从春末到秋末,豆角接连不断。你喜欢吃种在苞米地里的豆角,你妈妈早就在苞米地里隔着几棵苞米秆儿种上几棵快到秋天才成熟的豆角。这种豆角长得鼓鼓的,一出锅的时候有香喷喷的豆角的香气。你把它们盛在碗里,盛得满满的,然后先吃豆角的皮,剩下一小碗豆角的豆子,你再拌着用韭菜花做的酱吃豆角的豆子。韭菜花是你妈妈教你做的,把正开着的韭菜花摘下来,放在碗里加点盐用小擀面杖儿捣碎,一直捣到很黏很黏的时候,就能吃了。这样吃你能吃好几碗,把它当成主食,连大米饭都不吃了。

　　你和你妈妈在苞米地里摘豆角的时候,就想着豆角拌着韭菜花吃的情景。你的口水都快流出来了,幸好你是抬着头摘比你还要高的豆角,才让口水重新流进嘴里。你咽下口水,就像咽下豆角和韭菜花一样。你感觉到嘴巴里有一种特别的味道,那不是豆角和韭菜花的味道，是一种很难闻的味道。你屏住呼吸，低下头撇着嘴看自己的嘴巴。嘴巴边上有一片苞米叶子，你用手挪开了它。在你挪开苞米叶子的时候，你看到叶子尖上有一个小红点，你又把叶子挪到你的眼前。原来叶子尖上有一只花大姐，刚才的味道就是花大姐身上的味道。

你们叫它花大姐，语文书上叫它七星瓢虫。你从来不按照语文书上的叫，因为村子里没有人叫它七星瓢虫，连住在你们村子里的校长都不那么叫它，大家都叫它花大姐。这个称呼让你想到住在你西院的邻居家的小儿子，他叫他的大姐的时候是叫成红大姐，叫他二姐的时候叫成秀二姐，叫他三姐的时候叫成霞三姐。你觉得他妈妈应该再给他生个四姐，然后他就能叫他四姐花四姐。可惜村子里实行计划生育，生得多，罚得多，老二老三老四连口粮田都不给，只有老大是法律保护的，有口粮田。你是老大，所以你也有。花大姐应该不是计划生育的，但是它可以生活在你家的苞米地里，把你家的苞米地当成它的口粮田。

这只花大姐长着暗红色的翅膀，翅膀上几颗黑点点有规律地排列着。花大姐最上边的翅膀很硬，难怪它能在苞米地里生存，这样坚硬的翅膀能够保护它不被苞米叶子刮伤。你经常在摘豆角的时候被苞米叶子刮伤脸，也刮伤手背，所以你要躲着苞米叶子摘豆角。花大姐就不怕，它有坚硬的翅膀保护它。坚硬的翅膀下面，还有翅膀，底下的翅膀是透明的，也比较柔软，大概像蚊子的翅膀那么柔软。它飞起来的时候，要先把外面的翅膀展开，翅膀上的黑点点也跟着动了，然后里面的翅膀再展开，都展开了之后它才能飞起来。花大姐的翅膀并不长，飞的时候也比蚂蚱慢。而且，花大姐也不像蚂蚱那样，一有人走过就飞起来，花大姐要等人碰它的时候它才飞，有时候碰它，它也不飞。它会装死，然后掉在地上，等人走了再飞。

你眼前的这只花大姐大概就在装死，因为它一动也不动，待在苞米叶子上面，苞米叶子在你手上，你的手拿得很稳。你不动，苞米叶子也不动,苞米叶子不动,花大姐就不能掉在地上。

你把鼻子凑到花大姐的身边闻了闻,你又闻到了那种难闻的味道,你赶紧屏住呼吸抬起头来。你皱着眉头看着它,怎么这么难闻!你记得村子里的那些被叫作姐姐的人身上都有一股香香的味道,连你班级里的女同学都有一股香香的味道,有时候你还能闻出来有些人身上是舒肤佳香皂的香味。怎么花大姐这么不注意形象,下雨天洗澡的时候也不到花粉里打个滚,把身上弄得香一点?好像你也在你家南园子的黄瓜花里看到过花大姐,不知道黄瓜花里的花大姐是不是好闻一点。可是,这只花大姐应该没有在黄瓜花里待过,因为苞米地周围没有人种黄瓜,黄瓜只在自家的小园里才种。

这只暗红色带黑点点的花大姐就这么一直装死,可能它只会这一招。有的花大姐的翅膀是橙色带鲜红点点的,还有的是深绿色带黑点点的。秋天开学的时候,你们班的窗户玻璃会落上各种各样的花大姐,那可真不愧叫花大姐,花花绿绿的一大片。可惜的是,长得这么好看,却在你们的教室里散发着难闻的气味。教你们的女老师会拿着笤帚把它们扫走,过了一会儿,它们还会飞回来。幸好你的女老师身上有一股香味,坐在前排的同学估计闻不到花大姐的味道,只能闻到女老师身上的香味。你坐在靠后面的座位,始终闻着花大姐的味道,只有轮到和女同学坐在一起的时候才没有。甚至你都有一些错觉,那就是闻到花大姐的味道时,就表示要开学了。

现在你的确闻到了花大姐的味道,但是还没有开学。你要和你妈妈摘豆角,你等不到这只花大姐展开翅膀飞起来,只好把它抖落,然后挪开苞米叶子,继续摘豆角。这一次,你闭紧了嘴巴,倒不是担心想着豆角拌韭菜花时会流口水,而是提防着嘴巴再碰到花大姐,提防再闻到那种难闻的味道。虽然,闻到它,会让你想到村子里的女孩子,想到开学,想到女老师身上比花大姐好闻一百倍的香味。

车前子

外屋的窗台上放着两只用细铁丝拧的螺旋形的铁环，你把它们拿起来，一只套在了右手的大拇指上，一只套在了右手的食指上。套在手指上的时候，从铁环上掉下来几粒车前子。你盯着铁环看，用手指感受铁环上残留的妈妈手指的温度。铁环比你的手指粗，那是你妈妈用的，戴在你妈妈的手指上才正好合适，你妈妈就戴着这两只铁环采车前子。

邻居家的大叔娶媳妇的时候给他媳妇买的金戒指，戴在手指上金光闪闪的，但金戒指不能采车前子，新媳妇戴了没几天就把金戒指收了起来，因为那块贫瘠的土地上是用不到金戒指的。

土地只欢迎你手上的两只铁环。你妈妈从柜子里拿出铁环用的时候，就是快到八月十五了。妈妈戴着铁环到田野里采车前子，然后把车前子的皮子搓掉，把里面的仁儿收好，拿到集市上卖掉，再从集市上买回月饼，你和弟弟就能在八月十五吃到月饼了。

贫瘠的土地上似乎没有浪漫的故事，对着一轮大大的月亮，你只感觉到疲惫。这种疲惫是你妈妈采完车前子回家时脸上流露出来然后传染给你的，你知道妈妈去采车前子就意味着你和弟弟能吃上月饼，你不知道这样的记忆会在你的生命里存在这么多年，直到它真的成了记忆。

　　车前子长在村子西边不远的沟子里。秋天是车前子成熟的季节，比婆婆丁光滑的叶子长得还挺实，叶子的中心伸出一根挺拔的茎，花就开在茎上，密密麻麻的，花落了就结籽，也是密密麻麻的。因为车前子长得比较矮小，你妈妈采车前子的时候要弯下腰来。你妈妈和你四奶还有你大婶一起去采车前子，她在身前系上围裙，围裙中间缝了一个大兜子，像袋鼠一样。你妈妈把两只铁环戴在右手的大拇指和食指上，看到车前子的时候就弯下腰，伸出右手握住车前子的细茎，使劲儿往上一拉，就把车前子采在了手里。然后把手伸到身前的大兜子里，松开，车前子就乖乖地撒在大兜子里了。然后你妈妈再直起身，往前走，遇到车前子的时候，再弯下腰，伸手去采，再伸进大兜子里，再直起身往前走。遇到一大片车前子的时候，你妈妈连身子都不直起来，而是弯着腰一小步一小步地往前挪动着采，采完又伸进大兜子里，再弯着腰往前挪动。你妈妈弯腰采车前子的形象就定格在你年幼的心灵里，你觉得月亮里的嫦娥或许也能记得，每年秋天的傍晚，有一个女人在田野里弯着腰采着车前子，直到天黑得快看不见路了才回家。

　　那个形象课本里也出现过，叫作《拾穗者》，你觉得那就是你妈妈采车前子时弯腰的样子。

　　因为有了铁环，采车前子的速度很快，然而你妈妈的手指却被铁环磨出了水泡，也磨出了老茧。你在帮你妈妈撑袋子的时候，看见你妈妈的手指节都肿得鼓了起来。你妈妈会在歇着的时候用左手揉捏着右手的手指节，但是显然，那样的揉捏根本起不了多大的作用。

　　那双肿着指节的手会把窗帘铺开，原本粉色的窗帘已经洗得看不出颜色了。窗帘在炕上铺好之后，你妈妈就把大兜子里的车前子倒上去，然后和你爸爸一人扯着窗帘的一头筛车前子。车前子很轻，皮很薄，这样一筛，皮子就跑到了上面。你妈妈再把窗帘放下，捧走聚成一堆的皮子，再继续和你爸爸筛，直到筛得只剩下车前子的种子。有时候，还会残留一些皮子，你妈妈就对着车前子吹，把皮子吹走。

一大兜子的车前子，最后剩下的种子并不多，你不知道你妈妈要花多少天才能采出够买月饼的钱。但是，铁环知道，铁环用身体数着你妈妈采过多少棵车前子，你妈妈用肿了的手指丈量着车前子到月饼的距离。

你细细地抚摸着手指上的铁环，像抚摸着你妈妈的手指。你妈妈和你爸爸还在灯下筛着车前子，去年是这样筛，今年还是这样筛，明年也许继续这样筛。

你在疲惫中感受着窗帘的筛动，似乎你就是一粒车前子，在北方的黑土地里长出来，在不断的筛动里筛出一段盼望月饼的年月。你是如此，你弟弟是如此，你爸爸妈妈更是如此。你不知道这样的筛动会持续多少年，你甚至觉得这样漫长的筛动会让你对八月十五产生莫名的惶恐，以至于在月饼买回的那个夜晚，你细细咀嚼月饼的时候，会咀嚼出车前子的味道来。虽然，你并没有吃过车前子。

铁环在你的手上慢慢地变得温热起来，然而它终究不是金戒指，你妈妈也没有金戒指。那个年月里，像金戒指这样华而不实的东西没有一点用处。只有这对铁环，才能在你妈妈的手中，满足一个家庭对于八月十五的期盼，才能陪伴你妈妈，完成对于生活的采摘，对于贫穷的挣脱。

婆婆丁

锅里鸡蛋酱的香味顺着门缝钻到了屋里，也钻进了你的鼻子里，你不由得打了一个大喷嚏。黏稠的大鼻涕跟着喷嚏喷了出来，差点儿喷到盆子里的婆婆丁上。

婆婆丁是你放学回来的路上，在村子东头的河沟边挖的。河沟旁长着一排和你爷爷差不多年纪的大柳树，婆婆丁就长在大柳树下边的陡坡上。因为靠着水，婆婆丁长得很水灵。你拿着削铅笔用的小刀片，扒开草丛，对着婆婆丁的根把小刀片插进去，然后在土里割断婆婆丁的根，把婆婆丁的叶子往上一拔，就挖下来一棵。挖下来之后，你把婆婆丁根部的枯叶子和泥土摘掉，就露出长在地底下的白色部分。摘好了之后，你把婆婆丁放在书包外面的格子里，那个格子里没有作业本，作业本都被你塞到了里面的格子里，你留出了外面的格子放婆婆丁。

初春的婆婆丁是村里人爱吃的野菜，那个季节，也实在没有什么菜可以吃，除了土豆就是白菜，要么就是冬天还没有吃完的酸菜。每家每户都有酸菜，有的人家还有两三个酸菜缸，那是人口比较多的人家。一般的时候，酸菜还没有吃完，婆婆丁就长了出来。你很喜欢吃婆婆丁，你喜欢蘸着鸡蛋酱吃，爸爸和弟弟喜欢蘸着辣椒酱吃，妈妈有时候蘸着鸡蛋酱吃，有时候蘸着辣椒酱吃。

　　学校在东边的那个村子,你每天要走过许多许多大柳树才能走到学校,再走过许多许多大柳树才能走回家。往家里走的时候,你就一边走,一边挖婆婆丁,直挖到书包外面的格子都装满了,才在小水洼里洗洗刀片,洗洗小手,跑回家。

　　你回家的时候,你妈妈正在灶台边烧火,锅里的白气从锅盖边往外冒,你闻到了土豆的味道。你从肩膀上卸下书包,告诉你妈妈你又挖了一大把婆婆丁,你还说你要吃鸡蛋酱,婆婆丁蘸鸡蛋酱。

　　你妈妈从锅台上递给你一个小盆,你把婆婆丁掏出来放进了小盆里,拿到井边去洗。碧绿的长叶子,雪白的根,在凉水里一泡,婆婆丁被你洗得很娇嫩。你顺手从盆子里捞出一棵,使劲儿甩了甩上面的水,就塞进嘴里吃了起来。什么酱都不蘸的婆婆丁有点苦,但是也有着像你下雨天上学时走在大柳树下草地里的味道,苦中带着鲜嫩,你的小生命会在这苦中长出鲜嫩的渴望来。

　　婆婆丁长在土地里,你也长在土地里。它把根扎进了土地,你用小刀片把它的根从土地里割断,婆婆丁一定很疼,因为你看到婆婆丁被割断的地方冒出乳白色的浆汁。你不知道会不会有人把你和土地割断,你不知道自己被割断之后会不会冒出乳白色的浆汁。然而,无论如何,长在土地里的事实是任谁也无法改变的,即便被割断,它的浆汁还会落在土地里,留在土地里的根,还会在第二年的春天长出新的婆婆丁。

　　婆婆丁在不断地被割断中一茬又一茬生长,每一茬都是苦的。

　　你就喜欢这种苦的味道。

　　洗好了婆婆丁,你把盆子拿进了屋里,坐在桌子边嚼着。

　　你妈妈把锅里的土豆盛出来,刷干净锅,给你做鸡蛋酱。

　　你一边看电视里的人参娃娃,一边嚼着婆婆丁,一边等着鸡蛋酱。

　　人参娃娃是人参成了精之后变的娃娃,他们有的会用火,有的会用冰。你手里拿着一棵婆婆丁,你想着也许这棵婆婆丁要是不被你挖出来,它在大柳树边修炼,是不是也可以成精? 婆婆丁成了精就会变成婆婆丁娃娃,婆婆丁娃娃也会用火,也会用冰,他们会和树林里的野兔进行战斗,你用小刀片也伤害不了他们。那时候,你根本就不会去挖婆婆丁娃娃,你会率领婆婆丁娃娃和野兔一起战斗,连大柳树也会成精,大柳树成了精就会帮助婆婆丁娃娃一起战斗。

想着这些的时候,你笑了。你学着动画片的样子张开嘴对着婆婆丁使劲儿吹了一下,你没有吹出火,却吹出了一些唾沫星子。

鸡蛋酱的味道越来越浓了,你擦了擦喷到嘴边的大鼻涕,又拿起一棵婆婆丁吃着。它们的确不能变成婆婆丁娃娃,你上学的路上也从来没有碰见过婆婆丁娃娃。婆婆丁只能在每年春天被挖到每家每户的餐桌上,然后每家每户的人们蘸着鸡蛋酱、辣椒酱,甚至是生酱,咀嚼着它苦涩的味道。

汽水儿

　　夏天的时候放学很早,你从王老师家回到自己家的时候,你爸爸和你妈妈还没有从地里回来。王老师离你家不是很远,他家在你家前面的那排房子的东边,大概隔了十几家的距离。幼儿园在于老师家读完,你就到了王老师家读一年级。在王老师家读完一年级之后,你就要到东边村子的小学里读二年级了。你手里拿着王老师奖励你的汽水儿,一边喝一边向黄瓜地走去。你每次都只喝一小口,否则那个汽水瓶里的汽水儿会很快被喝光的。汽水儿在你嘴里化成一些沫沫,沫沫会钻进你的胃里,甜甜的味道也钻进你的胃里。你回味着每一小口汽水儿的味道,那是别的学生很难尝到的味道。

　　快要到期末考试了,王老师家里买来一箱子汽水儿。他把汽水儿奖励给当天表现好的学生,而那一箱子汽水儿大部分都流进了你的胃里。因为你的表现,王老师从村子东头夸到村子西头,在你爸爸妈妈面前夸你,在别人面前也夸你,你是王老师值得骄傲的学生。那个时候你还不知道"骄傲"是什么意思,但是你知道那是一种很有面子的感觉。王老师希望那一瓶瓶汽水儿能给你带来更大的进步,能在镇上的尖子生比赛中考出好成绩。

　　汽水儿是每个孩子都眼馋的东西,每年恐怕只有"六一"的时候才能喝到。过"六一"的时候刚好是镇上的运动会,所以你奶奶他们总是管运动会叫"跑六一"。"跑六一"是在镇上的中学里举行的，每个村子的小学会在中学的运动场里有一个观看的场地。不过，你们从来不看运动场上谁跑得快，谁跳得高，你们关心的是场地外面那些卖好吃的吆喝声。"甜凉冰棍儿——""甜凉汽水儿——"这样的声音总能吸引你，你听了之后嘴里就不由自主地有些湿润，湿润的口水被舌头搅动着，然后被你咽下去。

你的手伸进衣服最里面的格子，摸着里面兜里的两元钱，那是你妈妈给你的。运动会的时候，你妈妈会给你两元钱，让你买冰棍儿或者买汽水儿。卖汽水儿的箱子里用凉水冰着各式各样的汽水儿瓶，有玻璃瓶的，也有塑料瓶的，有苹果形的、草莓形的、香肠形的、菠萝形的……瓶子里汽水儿的颜色也都不一样，绿色的、红色的、黄色的，你走过它们的时候，眼睛一刻不离地盯着看。

你的两元钱买不了几瓶汽水儿，你的心就像炎热的天气一样烦躁。你可能会用一元钱买几根最便宜的冰棍儿，另外一元钱买两瓶或者三瓶汽水儿。那时候的你，觉得汽水儿是天下最好喝的东西了，一瓶汽水儿就能给你的生活带来无限的回味。

运动会的时候，你和你的同学还捡冰棍杆儿玩。两个人把捡来的冰棍杆放到一起，先把冰棍杆抓在手里，立在地上，然后松开手，冰棍杆就散落在地上。你和你同学就往外挑冰棍杆，挑起一根冰棍杆的时候，不能碰到另外的冰棍杆，谁碰到谁就输了，谁输了谁就要把自己的汽水儿给对方喝一口。你总是小心地挑冰棍杆，甚至是自己输了的时候，也要盯着你同学，让他不要大口地喝掉你的汽水儿。你赢了的时候，你同学也是一样，怕你一口气把他的一瓶汽水儿灌下去。

汽水儿成了你童年里的盼望，在你小心地享受着汽水儿的时候，你并不知道世界上还有可口可乐，并不知道世界上还有其他的什么饮料，甚至连"饮料"和"可口可乐"这些词语都不知道。你不知道，你同学也不知道，王老师可能也不知道。那些汽水儿五颜六色的颜色会变成五颜六色的云朵，你把五颜六色的云朵装进了心里，带进了梦里，在一年一度的运动会上细细地品味着，珍惜着。

　　而王老师把卖鸡蛋的钱拿来买了一箱子汽水儿,让你小小的心里荡起了五颜六色的波澜。你那么想得到它,所以你只能拼命地好好学习,拼命地做好功课,然后王老师会笑呵呵地让你到箱子里拿一瓶汽水儿喝。你就在同学们的眼馋中跑过去拿汽水儿,你抚摸着汽水儿凉凉的瓶子,像抚摸着你心里五颜六色的云朵。你还不知道王老师是在用别样的方式鼓励一颗饥渴的心灵,你只是不想让自己因为得不到汽水儿而倍感失落。失落的时候,你心里那些五颜六色的云朵就会下起雨来,心里下雨的滋味比老天爷下雨的滋味要难受一百倍。

　　也许在那个物质匮乏的小乡村里,汽水儿真的能勾起你学习的劲头。你总是昂着头挺着胸把汽水儿从王老师家的箱子里带回到自己的家里,你觉得你比别人多了某种东西,某种被王老师叫作“骄傲”的东西。你不知道王老师的汽水儿会给你以后的生活带来怎样的变化,而变化的确在你的心里慢慢地滋长着,把你心里五颜六色的云朵慢慢地放大,放大到你时时刻刻都能感受到汽水儿的甜味。

　　你到黄瓜地里要摘一个黄瓜吃,你用汽水瓶比量着一个个顶着花的黄瓜。比量了好几个,最终你摘下了一个和你的汽水瓶差不多长度的黄瓜。你把黄瓜和汽水瓶贴在一起,好像贴在一起之后,黄瓜就有了汽水儿的甜味。你舍不得马上喝掉汽水儿,也舍不得马上吃掉和汽水瓶一样大小的黄瓜。

　　你回到了屋里,搬个小凳子坐到了炕沿边上。你把汽水瓶和黄瓜贴在一起放到了炕沿上,然后拿出作业本开始写作业。写着作业的时候,你不时地把汽水瓶和黄瓜拿到手里,抚摸着。你舔一舔汽水瓶的瓶口,舌尖上就有了甜甜的味道。你带着这样甜甜的味道继续埋头写作业,你不能有一丝的懈怠。王老师家的箱子里还有好几瓶汽水儿,你知道你要怎样做才能得到它们。当你想到这些的时候,你舌尖上的甜味会浸到你的心里,连你心里五颜六色的云朵都变甜了。

蜗牛

你把写完的作业本放在赵老师的桌子上之后,就坐在座位上偷偷地拿出抽屉里的小瓶子。小瓶里有好几只长得特别大的蜗牛,你把语文书立在桌子上挡住赵老师的视线,把装蜗牛的小瓶子拿到被语文书围着的小空间里看蜗牛在瓶子里爬。蜗牛的触角碰到瓶子或者碰到别的蜗牛的壳时,会马上收缩,变得很短。那是很神奇的触角。

这些蜗牛是你和海瑞,还有海瑞的哥哥中午冒着大雨抓来的。一般下大雨的时候,离学校很远的小树林里会出现很多蜗牛。中午你们就冒着大雨往小树林里跑,穿在身上遮雨的塑料布完全遮挡不住倾泻而下的雨水,然而你们一点也不在意。你们只想着这大雨一定会让小树林里爬出很多很大个的蜗牛,你们要尽量多抓些大个的蜗牛。

你们还没有跑到小树林,全身就被浇透了,鞋子里外都是泥水。你们沿着大路边上的草丛跑,这样鞋子上就只有水,没有泥,你的脚就会舒服点。你们跑到小树林的时候,就在里面的大草叶子上找蜗牛。蜗牛在比你稍微矮一些的大草叶子上爬着,有的还在小树的树干上爬。蜗牛的壳又绿又大,壳的前面两只触角一会儿左摆,一会儿右摆,还时不时地伸缩,就像电视后面的天线一样。你从大草叶子上拿起蜗牛的壳,蜗牛肥胖的身体就左右蠕动着。你对着它的身体吹了一口气,它马上就缩到壳里。你把蜗牛装在小玻璃瓶里,你马上就能听到蜗牛壳落到瓶底的声音。海瑞和海瑞的哥哥也在离你不远的地方抓蜗牛,天上的雨水穿过树叶落在他们的身上,好像缝纫机的针落在布上一样。你妈妈就经常用缝纫机做活,脚在缝纫机的踏板上前后踩动,缝纫机的针脚就会一上一下地落在布上,沿着布缝出一条黑色的线来。天上的雨不是缝纫机的针脚,否则海瑞和他的哥哥就被扎死了,你也会被扎死,蜗牛也会被扎死。雨水就是雨水,落到你的头上,落到你的衣服上,也落到你装蜗牛的瓶子上。不过瓶子里的蜗牛是安全的,你早就把盖子盖好了。

你们就沿着树林从大草叶子和小树干上抓蜗牛,大个的蜗牛真的很多,没走几步就抓到很多只。在大草叶子上抓蜗牛的感觉就像在姑娘儿地里摘姑娘儿(东北的一种水果)——伸手,抓起,放瓶里,再伸手,再抓起,再放瓶里。抓得你的小瓶子都满了,蜗牛在里面都伸不开肥胖的身子了,你就把后来抓的蜗牛放进衣服口袋里。你担心蜗牛会不小心爬进你的衣服和裤子里,所以你另外一只手一边拿着瓶子,一边用手腕压着口袋的边缘。

海瑞他们喊你回去,他们也抓得够多了。主要是全身都浇透了。还不知道回家怎么和爸爸妈妈交代呢。

"就说放学路上下雨浇的呗,这还不简单!"

"要是放学的时候雨停了呢?"

"就说老师罚我们站到雨里浇的!"

"为什么会挨罚?"

你想不出理由了,挨老师罚就意味着犯错误了,犯错误了也会被爸爸妈妈教训一顿的。

你们就捂着口袋往学校里跑。

跑到学校,还没有上课,下午上课还早呢,一些中午回家吃饭的人还没有来呢。你们就把蜗牛放在桌子上,简单地拧了拧衣服里的水,擦了擦头发,开始玩蜗牛。

你把所有的蜗牛都倒在了桌子上,蜗牛到了桌面就开始慢慢伸出肥胖的身体,摆动着触角探一探外面是否安全,然后就在桌子上向四面八方爬了起来。

你希望它们这样爬。蜗牛爬的时候,会沿着尾巴留下一道水印,你不知道那是雨水还是它自己的黏液,等它们快爬到桌子边上的时候,你再把它们抓到桌子中间。抓起蜗牛的时候,蜗牛还会缩进壳里,把它放到桌子中间的时候,它再伸出来。

你观察了好一会儿,选了几只爬得稍微快一点的蜗牛,放进小瓶子里,把其余的蜗牛送给你的同学。他们围在你的桌子旁看了好一会儿,你不许他们碰你的蜗牛,除非是和你关系最好的温明明才可以帮你把爬到桌子边的蜗牛捡回到桌子中间。你选完了你想要的蜗牛之后,其他人才可以自由选择他想要的蜗牛。不过,很多女孩子都不敢碰蜗牛,她们看你拿着蜗牛弄来弄去就会发出一声声叫喊。你故意拿着蜗牛假装往她们的脸上放,她们会扯着嗓子尖叫着跑开。

这群胆小鬼!

也有不胆小的,就是韩二白,她不怕蜗牛。她从你的桌子上拿了两只蜗牛到自己的桌子上玩。

你捧着瓶子到教室后面挂着《小学生守则》的塑料纸的墙边,喊海瑞他们过来。你们把各自的蜗牛并排放在《小学生守则》底下的蓝框上,然后同时松手,让蜗牛往上爬,比一比谁的蜗牛爬得快。你们对着自己的蜗牛大声地喊着:"加油!加油!"对着别人的蜗牛大声喊着:"漏油!漏油!"可是你们的蜗牛爬得还是不够快,有时候还会爬得偏离了轨道,甚至有的蜗牛还会掉下去,摔在地上。蜗牛摔在地上之后就会缩进壳里。

有掉下去的,你们就从各自的瓶子里拿出另一只蜗牛进行比赛。你们喊得嗓子都干了,蜗牛还是慢悠悠地爬着。它们听不见你们的叫喊,你们却自得其乐。

《小学生守则》上面沾满了蜗牛留下的水印,尤其是那句"热爱大自然"上面沾得最多。热爱大自然,热爱大蜗牛。哈哈!大蜗牛也热爱大自然,不知道大蜗牛热不热爱小学生。

预备铃响起的时候,你们赶紧收拾蜗牛的跑道,撕下作业本里没有写的白纸把《小学生守则》擦干净,把自己的桌子擦干净,害怕被赵老师发现。赵老师是个女生,估计她也怕蜗牛,但是没有人敢把蜗牛放进作业本里交上去。因为赵老师长得很好看,脾气也很好,你们没有人想伤害她。

赵老师还是在前面批作业,你还是在语文书围成的小圈子里看蜗牛。你听见坐在你不远处的海瑞轻轻地叫你,你转过头,对着他嘻嘻笑。你举起装蜗牛的瓶子,用口语对他说:"下——课——再——玩,看——谁——爬——得——快。"

他也嘻嘻笑,发现你们秘密对话的韩二白也嘻嘻笑。幸好别人没有发现,赵老师也没有听见。

烤苞米

你妈妈在炖豆角,你帮着烧火。豆角的味道很香,你烧的火也很旺。火烧得旺并不是为了炖豆角,太旺的话会把豆角烧煳,你是为了烤苞米。

你从锅台旁边那面墙的钉子上拿下来一根铁钎子,在铁钎子的头上插上一个苞米棒,把苞米棒上的叶子和须子弄干净之后,就蹲在灶坑门口把苞米放进去。有的人烤苞米的时候带着叶子一起烤,你却不是那样,带着叶子烤,你没有办法知道苞米熟没熟,不带叶子烤,你才知道。熟了的苞米会变成亮黑色的,变成亮黑色了之后,香喷喷的味道就会从灶坑里冒出来,整个屋子里就会弥漫着烤苞米的香味。

你很小很小的时候,你爸爸就在西边的烤烟房里烤苞米。烤烟房像你家房子那么大,里面架满了你爷爷抽的那种旱烟叶子。烟是你三爷爷家种的,大大的烟叶子被绑在一个个长条架子上,放到烤烟房里一烤就变干了,变干了之后就能拿去卖了。当然,你三爷爷也会留下一些自己抽。村子里那些老头老太太会朝你要你不用了的作业本,把作业本裁成一条条,卷上搓得细碎的烟叶抽。这叫抽旱烟。你太爷爷太奶奶抽旱烟,你爷爷和你三爷爷也抽旱烟,你三奶奶也抽旱烟,你爸爸和你妈妈却不抽。村子里管抽旱烟叫

"鼓大烟",因为有的是拿着大烟袋抽烟,往嘴里抽一口的时候,腮帮子就会鼓起来,和东沟子里的大青蛙叫的时候鼓起的腮帮子一模一样。

你爸爸那时候就在烤烟房烤烟,把大木头劈成烧柴,扔进烤烟房的大炉子里。大炉子里的火比你家灶坑的火还要旺,你爸爸就在大炉子旁边放一些苞米,时不时地挪一挪苞米,让它四周都能挨着炉壁烤。烤好了你就坐在你爸爸的大腿上一口一口地吃着。

土地里长出的苞米,被土地里长出的木头烧出的火烤熟,成了那个年月里你的美味佳肴。你的生活离不开土地,离不开火,离不开烤苞米。苞米成熟的时候,就是你享受烤苞米的时候。

你蹲在灶坑边,望着灶坑里的火和苞米。苞米离火有一点点距离,这样它不会被烧着。灶坑的火也烤着你的脸,烤着你的眼睛,你的脸和眼睛都有些干。灶坑里的苞米一定比你的脸和眼睛还要觉得干,它离火那么近,它就是需要被烤干才能熟。你要熟,也许同样需要被烤干。

苞米被烤和人的成长一样,都是不断地被火烤,烤得干了,才烤出味道来。你爸爸和你妈妈在田地里被太阳烤被锄头烤被风雨烤,烤出了黝黑朴实的味道;你和你弟弟在童年里被补丁烤被农活烤被学习烤,烤出了沉默憨厚的味道。

这个味道不像苞米,能闻得到令人欣喜的香。你闻不到你爸爸和你妈妈被烤的味道,但是你能用眼睛看到,能用心感受到。那是村子里大多数人都有的味道,一种守着土地依靠土地永远离不开土地的疲惫朴素的味道。

烤苞米的时候也能闻到土地的味道,毕竟那是土地里长出来的。

你把苞米翻了个身,背着火的那一面还保持着苞米的娇黄色。随着被火烤的时间加长,娇黄色变成了深黄色,深黄色变成了亮黑色。亮黑色就不能再变深了,你不能让它变成深黑色。深黑色的苞米是烤煳了的苞米,就不能吃了,吃到嘴里只剩下烧焦了的苦味,烧焦了的苞米只能给猪吃了。

你不知道自己会不会被烤焦,你爸爸和你妈妈从来没有被烤焦,你也希望自己不要被烤焦。

你又往灶坑里添了一把柴火,锅里豆角的汤在"嗞嗞"地响,你依然蹲在灶坑门口看着里面的火,看着火旁边的苞米。

烤苞米的味道会沿着灶坑、沿着炕洞从烟囱飘到外面,飘到天上,飘到遥远的南方和北方,飘到你也叫不出名字的地方。但是插着苞米的铁钎子就握在你的手里,你紧紧地握着。烤苞米是你的,就算它的味道飘得再遥远再不可触摸,你总是能牢牢地握住烤苞米的铁钎子。直到苞米被烤熟,被你咬下来,吃到你的嘴里,进入你的胃里,融入你的生命里,永远不飘走。

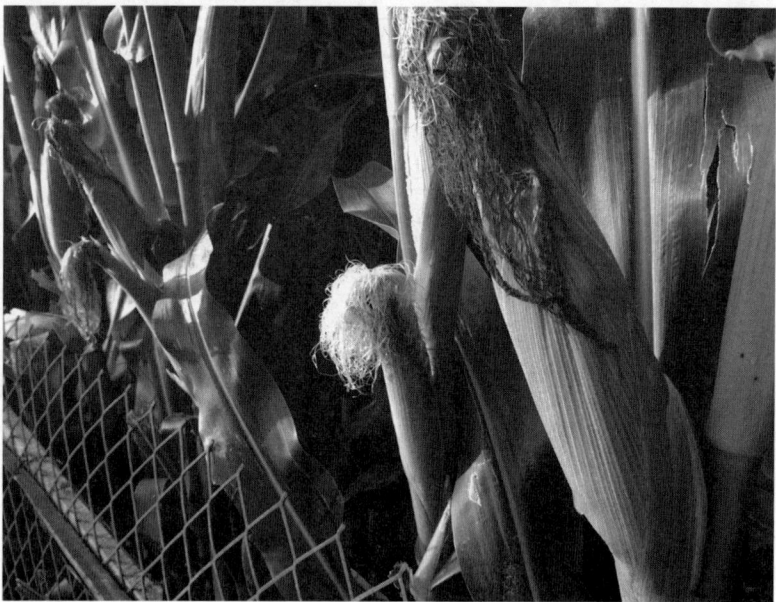

土地里长出的苞米,被土地里长出的木头烧出的火烤熟,成了那个年月里你的美味佳肴。　(摄影:吴春玉)

耗 子

头上的帽子渐渐地把热量传给你,你的呼吸通畅了许多。感冒流鼻涕的时候,你就会像这样戴着一个帽子睡觉。这是你爸爸教你的,帽子会把你的头顶焐热,头顶热了,鼻子就会顺畅些,你就会睡得安稳一点。

刚刚打完吊瓶的右手背还有些凉,你的手背知道哪根血管经常被尖利的针头刺破,把头孢和葡萄糖输进去。头孢和葡萄糖就沿着那根被刺破的血管流进你的身体,流进你的心脏,流进你的扁桃体,把血管里的病毒慢慢驱走。

其实,缩在被窝里的你并不安稳,每年都犯的扁桃体炎让你感觉自己的身体就像一团棉花,被一层棉被盖在了褥子上。褥子上传来的火炕的热气并没有让你觉得有多热乎,因为你的腿在微微地颤抖。

腿颤抖的时候,你突然清醒了许多。你伸开腿用脚顶了顶被角,把被角掖得严实一点——你不是怕冷,而是害怕它会从漏缝的被角钻进来,咬你。

那是你讨厌得连名字都不想写出来的动物——猫的美食,你的天敌——耗子。

你妈妈说它从来没有钻进过被窝,你爸爸也这样说,可是你从来没有相信过。你的的确确感受到它的存在,在你家南园子的苞米堆的下面有很多它的洞穴,在你家的酸菜缸的背后有它夜晚跑过的声音,在你家的仓房的夹子上还有它肥硕的尸体……甚至在你的睡梦里,在颤抖的双腿下面,在你梦魇时的黑暗里,你都隐隐约约感受到它的存在。

它的存在,让你觉得毛骨悚然。

你曾看见过西院的老叔在园子里用大水桶往它的洞口灌水时,猛然间从洞里蹿出来的它的湿漉漉的身体。它就在洞口外面乱窜着,在几个人的棍棒下逃逸着,偶尔还会钻到某个人的脚下。你的脚就会被吓得发麻,连腿都会发麻,整个身体从里到外都是惊悚恐怖的麻。

所以,你断定不管什么时候,它都是从人的脚下钻过来。拖着长长的尾巴,窜得飞快,还会来回地窜,简直比僵尸电影还要恐怖!

缩进被窝的你,最初的确是不安稳的,你用被子把双腿和双脚捂得严严实实的。哪怕你睡着了,你弟弟的脚不小心从你的被缝伸过来,你也会吓得掀开被子大叫,吵得一家人睡不好。你每次都以为那是它肥硕的身体钻了进来,而每次都是你弟弟的脚,就算你弟弟经常睡觉不老实,你也总是心惊胆战的样子。

也许是出于对它的提防,你对所有突然出现在你面前的事物都有着异常的警觉。有人从后面突然拍你一下,有人突然喊你的名字,甚至是某个东西突然掉在了地上,都会让你的毛孔一下子张开,双腿一下子发麻。你的叫喊声就会冲出你的嗓子,你的双脚就会不由得跺几下,你的心脏也就跟着收紧,加速跳动。

你当然不会知道若干年后,你还保持着对它的恐惧,保持着对突然发生的事情的恐惧。你的表现也慢慢地变成在心里叫喊,在脸上是看不到任何变化的。

有人说,这就叫深沉。

的确,被吓得连嗓子带心脏都沉到了深渊,发不出叫喊,还不叫深沉吗？恐怕要好久才能捞出来重新装上去。

那个年代，它在房前屋后放纵地奔跑，搞得猫也忙碌，人也忙碌。你爸爸把足够大的夹子放在各个角落，大清早就有战利品。还会把土豆切成饼状，上面撒上些半步倒之类的药，放在它的必经之路。它吃了药后更加窜不择路，说不定在你挪开一个大倭瓜的时候就能发现它僵硬的尸体，然后，你又麻在了倭瓜旁。

你始终不敢把你害怕它的事情说给除了你家人之外的人听，你害怕有一天他们会拿着它的尸体扔在你身上。别人知道了你的短处，总是对你不利的。

你用它的影子编织了一张巨大的恐怖之网。这张网就罩在你的外面，别人看不见，只有你能知道它的存在。

你妈妈用脸贴了一下你的脸，你有一阵凉凉的感觉。扁桃体发炎的热度还没有退，你的脸比你妈妈的脸热好多。你妈妈给你拽了拽被角，又给你盖上一层被子，你始终没有睁开眼。

你在装睡。你那时还不想告诉你妈妈，你担心它会钻进你的被窝。

雨 帘

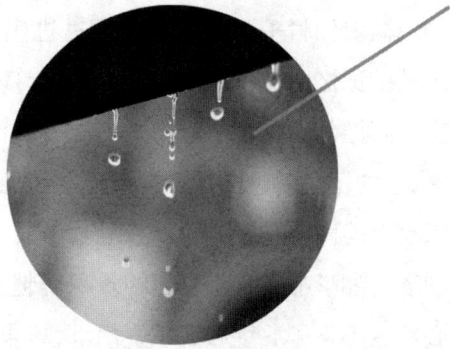

　　宽厚的木板中间被进来出去的鞋底磨得凹下去了一些,房门的门槛就像村子边的老柳树在进进出出的脚步里苍老一段记忆。门槛把记忆留在不断残缺的身体里,残缺得越多,记忆就变得越厚实。门槛外的滴水台上,一小排小坑洼是滴水台的记忆,坑洼越深,它的记忆就越久远。你就坐在门槛上,用手接着从房檐落到滴水台上的雨,雨柱比毛线粗一点,不断地滴落在你的手心里,"啪嗒啪嗒! 啪嗒啪嗒!"手心里的水积得越多,声音就越响,直到你的手心都装不下了。手心装不下雨水,却能装得下声音。

　　你顺着雨帘往上看,雨帘是从红瓦伸出的那一块儿凹下去的地方留下来的。雨落到屋顶上,沿着红瓦从屋檐淌下,再落到你的手心里,没有落到你手心的雨水会落到滴水台的小坑洼里,不偏不斜,正正好好地落在坑洼里。你不知道手心里的雨水要经过多久才会在你的手心里滴出一点小坑洼,那一定很久,却也久不过门槛的年纪。

　　夏季雨水多的时候,是柿子(西红柿)熟了的时候,你爸爸或者你妈妈会在雨下得不太大时,挎着柳条筐在南园子里摘柿子、黄瓜给你和弟弟吃。黄瓜熟得比柿子早,柿子往往会在你妈妈生日前后成熟。所以,你很容易把柿子和你妈妈的生日联系到一起,你不知道这是不是你喜欢吃柿子的一个原因。不过,在你以后的岁月里,你总是会在看到柿子吃到柿子的同时,在脑海里浮现起下雨天你爸爸和你妈妈挎着柳条筐摘柿子的情景。尤其是那种红色的柿子,你在看见它们的时候,就能闻见柿子秧在雨水中散发出的新鲜的味道,能听见屋檐下的雨帘滴落在你手心里的声音,就能想到自己是否会错过你妈妈的生日。

你也会想到你的太姥姥。

你太姥姥吃柿子的时候喜欢蘸着绵白糖吃,她把绵白糖倒进小碗里,然后把柿子掰开,一小瓣儿一小瓣儿的。她会招呼你和弟弟一起吃柿子,她拿着一小瓣柿子在小碗里蘸一下,就放进嘴里,用嘴里的假牙细细地咀嚼着,柿子就飘出甜甜的味道来。

落在柿子秧上的雨和屋檐底下的雨帘并不一样,那是斜斜的,细细的,毫无规律地在柿子叶、柿子茎和柿子架上洒落着。这种毫无规律的滴落使它的冲击力变得不那么强,不像屋檐下规规矩矩的雨帘,留给滴雨台一排整齐的小坑洼。

人生中会有多少事情像落在柿子秧上的雨,经过了就忘却了;又有多少像屋檐下的雨帘,经过了,却在心里留下一点点痕迹来,擦也擦不掉,填也填不满,任凭你如何遮掩,它都真实地存在着。

小乡村里的雨帘给你的记忆永远是朴素而快乐的,而只有小乡村的雨帘,才会给你这样的感觉。你知道多年之后的自己,会在孤雨的夜里,奢望手心里的雨水吗?你知道你会在雨水拍打着的城市里,怀念柿子叶新鲜的味道吗?你那盛过小乡村的雨水的双手,是怎样敲击出一场寂寞的心事呢?

一切都难以预料。

你松开了手,雨水"哗"的一下洒在滴水台上。你再重新捧起手,接着雨水,雨水打在你的手心上,试图在你的生命的最初留下无言的痕迹来。

啪嗒,啪嗒……

棺 材

　　你太奶奶病危的时候,你们家族里老老少少都在你三爷爷家里守着,你太奶奶的病持续了那么久,正在一天天地走向生命的尽头。你每次去你三爷爷家的时候,都在这个爷爷那个奶奶这个叔叔那个婶婶的腿边穿梭着。你太奶奶就躺在南炕头上,在她的身边,盘膝而坐的是你太爷爷。你太爷爷永远都是那样盘膝地坐在炕头上,一个大烟袋横放在膝盖旁边,离他不远处就是一个烟笸箩。你太奶奶和太爷爷永远离不开那个烟笸箩。

　　那一次,家里的人比过年时还要多,住在北边很远的亲戚都赶回来守在你太奶奶的身边。老人的病危,让你的家族再一次团聚在一起。

　　为了冲一冲太奶奶的病,家族里的大人预备好了棺材,停放在你三爷爷家的院子里。那是你平生第一次和一副棺材走得那么近,近得你走路的时候伸手就能触摸到它。可是,每次你路过它的时候,连喘气都不敢大声,更别说摸一摸它了。只有和你爸爸或者和你叔叔在一起走的时候,你才敢正眼瞧一瞧它的样子。

　　红色的油漆把它涂成了庄严的样子,也会让你想到僵尸片子里的镜头。其实你害怕走过它的时候,里面会跳出点什么可怕的东西来。幸好你穿着棉裤,没有人能发现你的腿在抖。盖上顶盖的棺材里面一定是黑色的,你三叔还在顶盖的内壁用纸裁成了星星月亮的形状涂了上去,靠头的那一边是圆圆的大月亮,靠脚那一头是北斗七星的样子。你并不知道为什么要在那里涂上星星月亮,也许每个棺材都会有的。人一旦入了土,就看不见天上的星星和月亮。涂上星星和月亮的图案,也许你太奶奶就能在入土之后一抬眼就看见星空。就像活着的人,到了晚上一抬眼就能看见星空一样。

小时候的你,对死亡并不陌生,因为有一个和你差不多大的孩子,他妈妈死的时候就停在他家的院子里,你还跑过去看过。他妈妈盖着一张红色牡丹花的大棉被,看起来并不是很恐怖。而棺材,却留给你那么深的印象,以至于后来你在冬夜到园子里撒尿时抬眼看到北斗七星,就好像看到停在你三爷爷家房子前的棺材一样。你把尿撒完,裤子也不系,赶紧往屋里跑,一边跑,一边尽量想着电视里放着的《新白娘子传奇》的剧情。

你太奶奶临终前一定要吃面条和鸡汤,还点名要你爸爸做手擀面,要你妈妈用你家的老母鸡做鸡汤。作为家族里的长孙长孙媳,你爸爸和你妈妈自然稳稳当当地服侍在你太奶奶的身边,为她杀了一只老母鸡,做好了鸡汤和手擀面,喂给太奶奶吃。

最终,太奶奶还是躺在了那副棺材里。

下葬的时候,合族的人按照长幼辈分的顺序跪在了太奶奶的棺材前,你大爷爷、你爷爷、你三爷爷、你老爷爷他们跪在最前排,你爸爸、你二叔、你三叔、你四叔、你五叔、你六叔、你七叔他们跪在第二排,你自己跪在最后面——你是家族里的长重孙,其他的弟弟实在太小,还不能到茔地里来。

下葬前,有人在棺材前面钉上两颗钉子,钉在左面的时候,你爷爷他们会喊"额额右躲钉",你爸爸他们会喊"奶奶右躲钉",意思是告诉躺在棺材里的太奶奶向右边躲钉;钉在右面的时候,你爷爷他们会喊"额额左躲钉",你爸爸他们会喊"奶奶左躲钉",意思是告诉太奶奶向左边躲钉。你爷爷他们还保留着满族人对父母的称呼,他们叫你太奶奶"额额","额额"就是"额娘"的意思,叫你太爷爷"玛玛","玛玛"就是"阿玛"的意思。这样的称呼,随着你太奶奶和你太爷爷的相继过世,只能存留在你爷爷他们的记忆里。

你太奶奶的棺材被放进了挖好的莹坑里,你跟着你爸爸他们往莹坑里填土。等到渐渐地堆成一个坟包,你知道你太奶奶也会看见星星月亮的星空。

下葬回来的那个晚上,你半夜起来撒尿,惺忪的睡眼里,你看见你太奶奶站在你家的外屋地上,胳膊里抱着一捆柴火。你有些害怕,但又不知道是不是自己眼睛花了。第二天,你三奶奶还在你太奶奶的坟前叨咕了一番,说是告诉你太奶奶,就算再喜欢长重孙,也不要再来了,会把你吓坏的。

后来,你每次去你三爷爷家,路过曾经放着棺材的地方,你都会不由得收紧了心,那是一个收藏生命最终痕迹的地方,是你最初接近棺材的地方。那样的地方,你不敢放肆。

你看着你三爷爷家里墙上挂着的老照片,你太奶奶正襟危坐,手里拿着一个大烟袋,就像祖宗牌位旁的照片里老祖宗拿着个大烟袋一样。不同的是,老祖宗身上穿着清朝的大长布裳,脖子上还挂着一大串白色的佛珠;而你太奶奶穿着灰色的斜系扣的衣服,并没有戴任何的首饰。他们都在以相同的神情看着吴氏家族的子孙,看着吴氏家族的奔波。

你觉得,他们一定会看到你,他们一定会护佑着吴氏的长重孙。因为你曾经离他们生命的尽头那样的接近,他们在另一方世界里所看到的星空,你在这个世界里曾经真切地看到过。

葡萄树

赤脚摄影师把摩托车停在你家的大门外,他拿着傻瓜相机站到了你家南园子里的茄子地里。你和你爸爸、你妈妈、你弟弟站成一排,你和弟弟站中间,你爸爸站左边,你妈妈站右边,看着傻瓜相机的镜头。摄影师把头藏在相机的后面,那边大概有个小屏幕,透过小屏幕就能看见你们一家人。他数着"一——二——三",一道光闪过,把你们一家人拍了下来。那是你们家四口人为数不多的一次拍照,拍下了你爸爸黝黑的脸庞,拍下了你妈妈烫着短发的样子,拍下了你和弟弟的小脑袋,也拍下了你们背后的葡萄架。

村子里有葡萄树的只有两户人家,一个是住在东院的你舅爷家,一个就是你家。你家的葡萄树种在南园子的栅栏旁,冬天的时候,你爸爸把葡萄树埋在葡萄根附近的土坑里,开春的时候再挖出来,顺着葡萄架把藤蔓缠上去。葡萄树慢慢地重新长出新叶子,一直伸延到你家的院子里。到了夏天,葡萄架上便是一片浓绿。葡萄树上结出一串串绿色的葡萄,你看见葡萄时,嘴里就会流出口水。当然,这不是嘴馋,而是一种不由自主的酸酸的口水,连同你的牙根都是酸的。你舅奶说她也是一看见葡萄嘴里就流酸水,她年纪大了,所以不喜欢吃葡萄,大概是害怕酸倒牙齿。不过,你喜

但是，你知道，只有你家的照片是在葡萄树前拍的。 傻瓜相机发
出白光的时候，葡萄叶子也发着绿光。 （摄影：韩芬）

欢吃酸的东西。没有成熟的绿色的葡萄正好满足你的嘴巴，你会
摘下几粒尝一尝。绿色的葡萄放进嘴里，咬一下，一不小心，口水
就真的淌了出来。

其实,你家的葡萄要到秋天才成熟,成熟之后就会变成紫色的。秋天的葡萄会在夜晚披上一层霜,看上去很是高贵。

每次你二姨和三姨家的表弟表妹来你家玩的时候,你们都在葡萄架下打扑克,他们也对葡萄有着极大的兴趣,一边打扑克,一边吃葡萄,一边流酸水。你太姥姥在你家的时候,会拿个小板凳坐在葡萄架下乘凉。正午的阳光透过葡萄叶子照在你太姥姥的脸上身上,你太姥姥看起来就像一个绿色的花花的老人,会让你以为你太姥姥就是葡萄树变成的。你太姥姥有个特别的头饰,是用铁做的"曰"字形的圆圈,然后把头发梳在一起,顺着圆圈的两个洞套进去,一层一层卷在脑后,再罩一个黑色的网套,看起来很利落。那个头饰,别的老太太都没有。一般的老太太为了方便都剪成了短发,你太姥姥却是留着长发。

你觉得还应该在头上插上一片葡萄叶子,那样子就更好看了。但是,你始终没有给你太姥姥插上葡萄叶子。坐在葡萄树下乘凉的她,映着葡萄树的绿色,已经让人看不出她是个八十左右的人了。

你曾经带着你的小学同学到你家玩,他们对你家的葡萄树很感兴趣,一直围在葡萄树下,左看看,右看看,这边摸一下,那边摸一下。那时候,你是很自豪的。在连葡萄都舍不得买的年代,你家却有一棵葡萄树,这无疑让你觉得自己就是大家的中心人物。

透过葡萄叶子的光是绿色的,傻瓜相机的光是白色的。可是,白色的光却不能记录下绿色的光,它只记录了绿色的叶子。在绿色的葡萄叶子的衬托下,是你们一家人站立在一起的样子。

在村子里拍照虽然难得,却也讲究。你爷爷召集一家子拍照的时候会在他家园子的大果树下,你二婶他们拍照的时候,会在村子西边的大道上,假装骑着摩托车,还有人在别的城里的冰雕或者饭店的门前拍照。你,只在果树或者葡萄树下拍过照。

　　你记得那道白光,你却不会想到能发出白光的不只有傻瓜相机。那个年代,赤脚摄影师是多么厉害的人物,他拿着相机,骑着摩托,在村子与村子之间穿行,在田地与田地之间飞奔,记录了像你家一样的许许多多的人家。但是,你知道,只有你家的照片是在葡萄树前拍的,傻瓜相机发出白光的时候,葡萄叶子也发着绿光。

搂树叶

　　秋风吹来的时候,并没有语文课本上金黄的丰收的喜悦。相反,那是一种灰色的带着寒冷的疲惫。你从你爸爸日渐加厚的棉衣里,从你妈妈围紧的头巾里,看到了和语文书上不一样的秋天。语文书里的秋天是诗意的,因为编书的人不用割苞米,不用割黄豆,不用搂树叶,不用起早贪黑地把田地里成熟了的庄稼一车一车地装回家,再垛起来。

　　不过,你看到的秋天有一点和语文书上是一样的,那就是树叶飘落下来。你们村子西头有一排排高大的杨树,到了秋天,它们的叶子就飘飘然地落在了田埂里,落在了沟子旁,落在了卸好的黄豆垛上。

　　你妈妈拿着一把大叉子在沿着杨树林搂树叶,她把随意散落的树叶用大叉子规整成一个个小山丘的样子。你在搂好的小山丘里挑着树叶,这些树叶一般都很大,比你的手掌还要大,有的枯黄,有的发黑。树叶中间有明显的脉络,顺着那些脉络,又长着更加细小的脉络。你对着太阳看着这些网状的脉络,似乎能看到它在树上时,水分从树枝流过脉络传达到叶子的每个角落的样子。在树叶的每个角落里,有着叫作"细胞"的东西,那是你的校长上自然课的时候告诉你们的。而你关心的不是这些脉络,而是它们的起点——叶柄。你在挑选那些粗壮的、颜色是黄的而不是黑的、个头比较长的叶柄。你用手拉一拉叶柄,感受一下它的力道,如果合适的话,你就把叶子撸掉,只留下叶柄。

你攒了一大把的叶柄,在你的左手里握着,你把它们的一头理得很整齐,还时不时地在地上磕一磕。你有了这么多的叶柄,就像孙悟空有了金箍棒、三太子有了火尖枪一样。那是你的法宝,是你与别的孩子对决的武器。

那场决斗,有着十分土里土气的名字——搭狗。

搭狗是男孩子们在秋天才能玩的游戏,也是大家很喜欢玩的游戏。说是叫搭狗,其实和狗一点关系也没有,你从没有见过谁把自己家里的狗放到一起拉来拉去地试图拉断对方的一条狗。搭狗的道具其实就是杨树叶柄,两个人每人拿出一个叶柄,相互交叉在一起,把各自叶柄的两头再对折往回使劲拉,折了的叶柄就输了,要赔给赢家一个新叶柄。你从来都是老老实实地玩,不耍什么花样,所以你在挑选叶柄的时候花的心思比较多。而住在你家后院的李大海就经常在他的叶柄里偷偷地放一段特别细的铁丝,谁和他搭保准就输。后来被人发现了,再和他玩的时候,都要检查一下他有没有放细铁丝。

那个时候,细铁丝也不是常见的。你家里就没有那么细的细铁丝,你家里的铁丝基本上都是粗的,是扭院子门、猪圈门或者猪圈炕用的粗一点的钢丝。而且,你家里也实在没有多余的铁丝让你玩,你只好本本分分地用杨树叶柄去真实地玩搭狗的游戏。

一阵秋风吹过来,把小山丘上面的杨树叶子吹了起来,没吹多远就又停了下来。你拿起小笤帚又把它们扫回来,扫完一堆再扫另一堆。

在扫的间隙,你看见你妈妈还在一叉子又一叉子、一堆又一堆地在搂树叶,蓝色的头巾上挂着两片枯黄的杨树叶子,在随风颤抖。她的动作很熟练,弓着身子,伸开叉子,从身体的左边开始,一下一下往双脚站立的地方搂,再依次往右边移一点,再搂到脚底下,再往右边移一点……搂完了一堆,她就直起身,把叉子倒过来,撸掉插在叉子上的杨树叶子,再弓着背继续搂。

你妈妈的样子就这样和秋天的杨树叶融合在了一起,每个秋天,每个杨树叶飘落的季节,那个形象都会一遍又一遍地在你的眼前出现。在你寻找搿狗的武器时,你妈妈在寻找生活的温暖。

搂好的树叶会被装进大麻袋里,堆在你家房后的柴火堆里。这些杨树叶会在冬天的时候成为烧炕的柴火或者猪圈的窝草,它们在树上的时候完成了一片树叶对于大树的使命和责任,在树下的时候完成的是一片树叶对你家乃至你的村子的使命和责任。

这样的使命和责任不是搿狗。

所有从土地里长出的东西都是带着使命和责任的,苞米如此,大豆如此,杨树如此,杨树叶子也如此。

连你也如此。

只是当时,你并不知道自己的使命和责任是什么,你只能够在你妈妈搂树叶的背影下寻找上等的叶柄,你只能够在秋风吹过小山丘的时候扫一扫被吹散的黄叶。在杨树叶准备好了去向下一个使命和责任进发的时候,你还在懵懂着。

你抬眼看了看你妈妈,她蓝色头巾上又多了一片黄色的杨树叶,她依旧还是一伸一搂地搂着树叶。你攥紧了左手里的杨树叶柄,好像攥紧了什么东西似的。

是什么呢?

生 肖

　　南炕的东墙上，十二生肖的年画板板正正地贴着。你站在炕上用小手指着年画念着：子鼠、丑牛、寅虎、卯兔、辰龙、巳蛇、午马、未羊、申猴、酉鸡、戌狗、亥猪。十二个生肖排列成一个大圆圈，你的手指也画出一个大圆圈。那是你最初认识十二生肖的方式，你家炕头的年画，开启了你对十二个动物特别的记忆。

　　引起你关注的不仅仅是十二生肖本身，而是你们家四口人的属相。对于一个孩子来说，家里人的一切信息你都是愿意记住的，包括每个人的属相。你们四口人的属相还十分特别，特别就特别在四个属相能够连起来：你属兔、你妈妈属龙、你弟弟属蛇、你爸爸属马。这样的连续让你觉得很骄傲，似乎只有你们家才这样，虽然你并不知道别人家是不是也有连续的属相。

　　这样的关联总让你在念着年画里的生肖时浮想联翩。当念到"卯兔"的时候，你念得特别认真，你会暗示那就是你自己，好像嘴里念出的字就是你自己的名字，必须有模有样地念；念到"辰龙"的时候，你会转过身看看坐在炕上做鞋的妈妈，这是马虎不得的，要郑重其事地对待；接着就是"巳蛇"，蛇在你心中总是瘦瘦的弟弟的形象；最后是"午马"，它总能和你爸爸有着宿命般的联系。你嘴里念着画上的这四个属相,脑海里却想着家里的这四口人。

无论是属相还是人,都那样的亲切和真实,它们以另外一种更为亲近的形式鲜活地出现在你的生命里。

你还记得你更小的时候,你会趴在你爸爸的后背上,在哼哼呀呀的曲子里渐渐睡去。那样子,大概就像小兔子趴在马背上一样吧。趴在人身上是你很小的时候喜欢做的事情,你会在早晨睡醒的时候趴在你爸爸的肚皮上,爸爸的体温会温暖着你的小手小脚小身体。你那时还没有看见过小兔子是怎样趴着的,但是你趴着的姿态就这样铭记在脑海里。后来,你一定要趴在你奶奶或者你爸爸的后背上,让他们一边背着你,一边溜达着哼歌,你才能安稳地睡去。你爸爸背着的时候应该没有你奶奶背着的时候多,所以,你长大了以后,认识你奶奶的那些人,看见你奶奶领着你的时候,就会问:"这是老吴太太以前背着的那个孙子吧?""背着的那个孙子"一直都是你小时候留给别人的印象,直到你十几岁、二十几岁,哪怕三十几岁、四十几岁的时候,都是"老吴太太以前背着的那个孙子"。

而你奶奶,还有你爷爷都是属龙的人。

你妈妈也是属龙的。

他们都有一个共同的特点,就是望子成龙。你爷爷和你奶奶的望子成龙更多地寄托给了你老叔——他们的老儿子。你爷爷退休了之后,靠着修自行车供你老叔上大学,最后你老叔终于赶上了毕业分配的尾巴,成了一名公务人员。村子里有这样的话,叫"老儿子,大孙子,老太太命根子",说起来好像哪个儿子哪个孙子都差不多,但是真到了儿孙满堂的家族里,老儿子和大孙子在老太太心中的地位是绝对高于其他人的,就像你们这个家族一样。

你妈妈在你们两个兄弟的身上也的确是下了很大的功夫。你记得她在教你写偏旁部首的时候,你笨拙得拿不了笔,写不出字,她气得狠狠地踩着缝纫机的脚踏板。她教你写字,教你做数学题,也一样教着你弟弟。她希望你们都能考大学,都能走出农村,活出另外的样子来。

另外的样子,是你妈妈和你爸爸都有可能走出来却没有机会去走的样子。他们都是初中文化水平,那个年代,那个乡村,初中文化水平就已经是别人望尘莫及的了。因为有些和他们差不多大的人,连字都不认识。你爸爸和你妈妈上学的时候成绩都非常好,你爸爸还是地区的三好学生。但是,由于家庭的原因,他们都没能继续上学。其实,哪怕上到高中毕业,都能去当一个老师。也许,这是他们一生中最为隐痛无奈的地方,他们只能把这样的希望寄托给你和你弟弟,他们希望你们不要再成为在泥土里翻爬的蚯蚓,而要成为在天空中飞腾的龙。

自然这些是你小时候无法完全体会得到的,你只能体会到那年画中的十二生肖和你一样,是一起生长在村子里的。

你家的苞米堆和柴火垛下有老鼠的踪影,它们会在冬天的雪地里留下一串长长的脚印。你们村子里的二牤子在夏天每晚日落的时候会赶着他家的牛路过你家的大门,三头吃得饱饱的母牛甩着尾巴往家走。你和小伙伴们会一边唱着"一二三四五,上山打老虎。老虎没打着,打到小松鼠。松鼠有几个? 一二三四五"的歌谣,一边跑向树林里,直到你们的声音震得杨树叶子沙沙地响。

兔子、大龙、小龙、大马是你们一家人。

东头有个张姓的人家养了一大群的羊,他放羊时羊群走过的地方会留下比小玻璃球稍微小一点的羊粪蛋儿。到了年节婚嫁的时候,偶尔会有耍猴的人牵着一只系着锁链的猴子来卖艺。大公鸡、老母鸡、小鸡仔儿是每家每户都养,还有狗和猪,都是和村子里的人们生活在一起,忠实于人们的动物。

十二生肖就这样真实地存在于你的世界里,那个时候你还不知道十二生肖背后的故事其实就是和乡村有关的,但是你觉得它们离你是那样的近,近得无论你后来走到哪里,在每一次提起十二生肖的时候,你都会想起你家南炕东墙上的年画,想起存在于你童年时光里那趴在背上的温暖,那震荡林间的歌谣,那鸡的啼叫,那猪的酣眠……

鞋样子

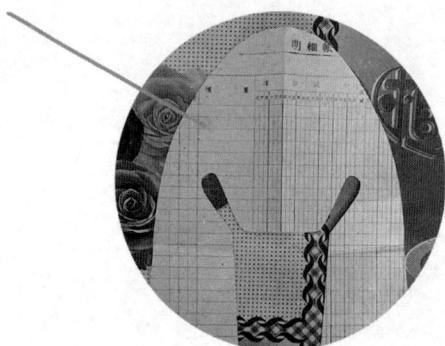

　　阵雨过后的第二天,太阳把南园子里垄头的土晒得很细腻。你抬起右脚轻轻地踩在细土上,你塑料鞋底上的三角形图案就印了上去。你又轻轻地抬起脚,三角形果然工整地排列在细土上,和三角形一起印上去的,还有鞋底轮廓里你妈妈纳上去的均匀的针脚。

　　那针脚其实时时刻刻都与泥土接触着,几乎从来没有离开过泥土。针脚下面连接着大地,上面承载着你的脚你的身体,它把你以脚印的方式交给了大地,把村子里所有的人都以脚印的方式交给了大地。在大地上,和垄上的苞米、黄豆为伍,和林边的柴垛、野菜为伴。

　　鞋底轮廓的针线是用来缝合鞋底和鞋帮的。做鞋,是村子里女人们的活计。

　　鞋底是买来的,塑料底或者是橡胶底,不过以前似乎还不是买的,而是自己家里纳的鞋底。用布和糨糊一层一层地粘在一起,再晾干,然后裁剪成鞋底的样子。鞋帮就不是买来的了,而是女人们做的。为了把鞋帮做得合脚些,每个家里都有一些鞋样子,家里大大小小的人的鞋样子都放在一起。你妈妈把你家里的鞋样子夹在一个大账本里,那个大账本的封面上写着大大的"记账簿"三个字,

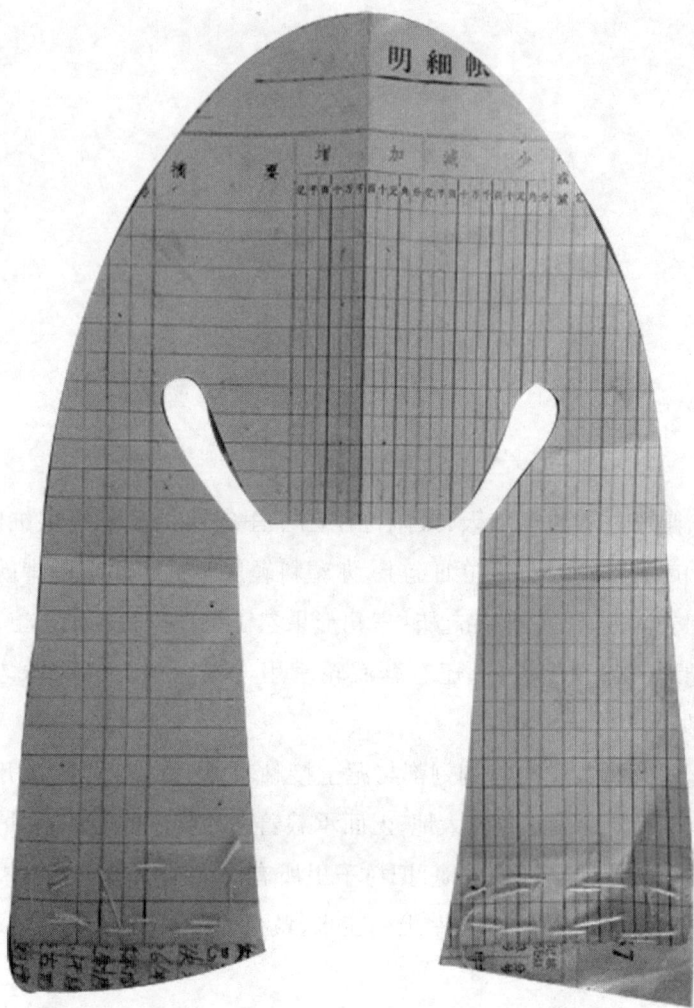

放在炕上的鞋样子，很像一张面具。 只是这张面具的鼻子嘴巴都
是空的，只有额头和两腮，大大小小的，也不过是放大版和缩小
版而已。 （摄影：韩芬）

可是它却从来不是用作记账的。你家记账的本子在你爸爸的柜子
里，比这个本子要小很多，和正常的日记本那么大，上面密密麻麻
地记满了张家的仔猪哪天生了什么病打了什么药、李家的母猪哪
天配的种什么时候生产、王家的鸡哪天打的什么疫苗等乱七八糟

你也不大关心的账目。而对于那个大大的"记账簿",你多少还是比较好奇的。

"记账簿"被你妈妈锁在皮箱里,只有她要做鞋了或者要找别的东西了才会拿出来。要做鞋的时候,你妈妈把皮箱的锁头打开,然后把皮箱盖挪下来,放到地上,再从大包小包里一层一层翻出"记账簿",再翻出一些大小不一的布头来。然后就半坐在炕沿上,把"记账簿"放到大腿上,一页页地翻着,一边翻,一边叨咕着:"这个是你姥爷的,和你爸的脚差不多……这个是你爸的,去年好像就用这个做的……这个是你的,好像再做就要大点了……这个是松紧布的……这个不是……"翻到最后就挑出几个鞋样子放在炕上。

鞋样子很有意思。它其实就是剪纸,也大概是最不需要剪得漂亮的剪纸了。剪得漂亮的,那是贴在窗子上的窗花,谁也不能用窗花当鞋样子做鞋。鞋样子讲究的是实用,是一种实用的剪纸。

放在炕上的那几个鞋样子都有些旧了,原本大概是崭新的报纸,都已经有点发黄了。鞋样子的边上还有一些针眼,有一个的边缘掉了就用另一块纸贴上去。放在炕上的鞋样子,很像一张面具。只是这张面具的鼻子嘴巴都是空的,只有额头和两腮,大大小小的,也不过是放大版和缩小版而已。

你每次都想拿起来贴在脸上,看看和你的脸大小合不合适。你妈妈就说:"别拿坏了,坏了不好补,就没法做鞋了。"

她把鞋样子铺在摆好的布头上。左右比量了半天,比量好了之后,用线先把鞋样子缝在布头上。要是布头足够大的话,她就用笔沿着鞋样子的轮廓在布头上画出一个鞋样子来,然后用剪刀剪下来。剪的时候,你妈妈的眼睛始终盯着剪刀下的布看,有时候会嘀咕着:"这剪子又该磨磨了。"

这是做鞋的漫长步骤的开始,看起来简单,当你知道一个女人要做十几双甚至几十双鞋的时候,你就不会觉得简单了。因为,你妈妈就经常坐在缝纫机旁做鞋帮,或者坐在炕上上鞋底。

　　刚做鞋帮的那些天,夹鞋样子的账本子会在炕上放几天。你妈妈剪布头做鞋帮,你就翻着账本子,盯着鞋样子,试图从一张张纸看到一双双鞋。

　　村子里的男人女人老人小孩都是穿着照着鞋样子裁做出来的布鞋的。有时候东邻西舍来回串门,还会借一借对方的鞋样子,为自己的家人找到更合脚的尺寸。

　　穿着布鞋脚舒服,这被村子里的所有人所认同。

　　的确,穿着布鞋踩在土地上,脚心不觉得硌脚,软软的很舒服,似乎能感受到土里的一切,与大地是那样的近。

　　你换了一只脚,轻轻地把左脚踩在了细腻的泥土上,又轻轻地挪开了。在细土上留下了和右脚印对称的左脚印,左脚印上同样有三角形,有轮廓上均匀的针脚。

　　它把你以脚印的形式,交给了大地。

爆米花

　　你急急忙忙地到鸡窝里捡了两个鸡蛋，小心地揣在了衣服兜里。然后用一只手捂着衣服兜，猫着腰跑到房门口，顺手拎起放在房门口的一小袋苞米，扛在肩膀上，就往大街上跑。

　　你直奔你三姑家大门口的老榆树下，那里早就围着好几个孩子，还有几个媳妇儿一边唠嗑，一边站着往嘴里塞爆米花。他们都在看着你二爷坐在爆爆米花的大铁炉子前摇着爆米花机。大铁炉子下面烧着很旺的火，烤得炉子外面乌七八黑的，黑得和你二爷的黑脸差不多。

　　你叫他二爷，其实和他并没有血缘关系，只是住在同一个村子里这么叫着，你爸爸叫他二叔，你自然就叫他二爷。二爷高高瘦瘦的，有一只手还缺了一根手指，你也不知道为什么会缺一根，大概是干农活的时候不小心被绞断的吧。干农活有时候真的是很危险的，你还记得有一年用机器打苞米的时候，你爸爸站在打苞米机旁边往机器里倒苞米，也不知道怎的，机器上的传送带突然脱落，就飞了起来。这一飞不要紧，一下子抽到你爸爸的脸上和身上，抽出一条宽宽的大红印子，那条印子就肿了起来。你看到那条印子的时候心里一阵发麻，真是太恐怖了，搞得你再也不敢爬到四轮子旁边去玩了。要是去镇上赶集一定要坐四轮子，你的眼睛会紧紧盯着那条呜呜直转的传送带，心里默念着"千万不要飞出来，千万不要飞出来"，你可不想被莫名其妙地抽一下。还有东头的你张大爷，开四轮子拉地的时候，被车上掉下来的大木头砸到了腰，躺在炕上挂了好几天的吊瓶，耽误了很多活。

你的眼睛跟着你二爷摇爆爆米花的大铁炉子的手转，少了一根手指，好像也没有影响他摇，因为他摇的速度还是很均匀的。刚才你跑得有点快，嘴里还喘着粗气，你摸了摸衣服兜里的鸡蛋，幸好鸡蛋没有碰碎。

夏天农闲的时候，你二爷就扛着爆爆米花的大铁炉子到这棵老榆树下爆爆米花。老榆树长在你三姑家的大门口，从你记事的时候起它就长在那里，也说不清老榆树有多少岁了。它有着粗粗的树干，有着茂密的枝叶，枝叶一直伸到路上来，像一把大伞一样，留下一大片阴凉。村子里的老头老太太会在大榆树的阴凉下铺一个毛垫儿打扑克，他们打的是调主，大部分时候都是一脸严肃的神情，好像在进行着国际打扑克比赛一样。有时候，几个年轻的媳妇儿坐在阴凉下织毛衣、缝鞋帮，或者什么也不做，就拉家常。其实，那里就是一个露天会议室，谁家的地头被老牛糟蹋了，谁家的豆地里大草长得多了，谁家的母鸡不下蛋了，谁家的男人又赚钱了……这些家长里短的话都在老榆树下汇集，随着人们的呼吸钻进老榆树的叶子里，再从叶子里钻出来，被风吹走，散发到天上去。

所以，老天知道老榆树下的所有故事。

而此时，故事的主角是你二爷。

他又开始爆爆米花了。

爆爆米花对村子里的孩子们来说是件开心的事，那时候也没有什么可吃的，连三鲜方便面都是家里来了别人家的孩子才会买的。爆米花，是每个孩子都喜欢的美味。

你二爷爆爆米花，很少要钱，只要给他两个鸡蛋就行。这还是很原始的以物换物的交易方式，所以，你兜里就带来了两个刚下的新鲜鸡蛋。爆爆米花的苞米也是去年秋天你家从大地里摘下的苞米棒上的,把苞米棒的叶子撕开,退到苞米棒的根部,再把两个苞米棒的叶子绑到一起,挂在房檐下的横杆或者篱笆上面。经过一个冬天和一个春天的风干,苞米粒已经脱尽了水分。再把上面的苞米戳下来,就能爆爆米花了。有时候,还有必要给你二爷带上一点苞米瓢子做柴火烧。苞米瓢子就是苞米棒戳去苞米粒之后剩下的小棒子。土地永远都不会苛刻地对待村子里的乡亲,连长出的苞米从上到下、从里到外都是能用的,就像苞米瓢子,都能烧火用。

你盯着大铁炉子下面往上蹿的火苗,那和灶坑里的火多少有些一样,你离得不太远,火苗燃烧时发出的热烤着你的脸。你还记得校长教你们自然的时候说过,燃烧需要氧气,大铁炉子下面的火苗燃烧也需要氧气吧!你、你二爷,还有你旁边站着的孩子和媳妇儿呼吸也需要氧气,你们都需要氧气,那万一谁喘气喘大了,把氧气都吸走了,大铁炉子里的火不是就灭了,连爆米花都爆不成了?你的鸡蛋不是白拿了?你不是就缺氧了?天哪!

你逐个看了看身边的人,盯着他们的鼻子和嘴,监视他们有没有大口喘气。张四媳妇儿不知怎么的,打了个大喷嚏,你吓得手心都出汗了,把鸡蛋都弄湿了。你赶紧使劲呼吸,害怕氧气被张四媳妇儿吸走。

她的一个喷嚏打落了老榆树的一片叶子,叶子落下来,树枝上还飞走一只麻雀。这可真是一个神喷嚏!叶子就落在你二爷身边的鸡蛋筐里。啊!树叶不是能光合作用吗?树叶不是吸收二氧化碳,放出氧气吗?你抬头看了看老榆树茂密的叶子,终于松了一口气。

你二爷停下手,大铁炉子里"哗哗哗"的声音也停了下来。他看了看大铁炉子边上的指示表,使劲"嗯"地咳嗽了一下,就站起来。他拎起了大铁炉子,往旁边的长方形的大铁网笼子口一放,转过身拿了个麻袋把大铁炉子盖住,又走到铁网笼子的另一头,弯下腰系了系接在笼子上的麻袋口。系完之后,铺了铺铁网笼子,站到了大铁炉子旁边。

你身边的孩子们、媳妇儿们,还有你,都躲到了你二爷身后远一点的地方,赵老二媳妇儿和狗盛子把耳朵捂住了,李小还捂住了脸,只把眼睛那里留开一条缝儿,张四媳妇儿指着这群胆小鬼笑哈哈地对着他们做鬼脸。你就在张四媳妇儿身后,也捂着耳朵。

但是你能听见他们的声音。

"开锅喽!"你二爷朝天喊了一声。

"嘣——"大铁炉子的一声巨响像是老天爷放了一个大屁,吓得你身子一哆嗦。

伴随着巨响的是一缕白烟,它慢慢地飘向老榆树的叶子,钻进叶子里,再散发到天上去。它告诉老天爷,你二爷在老榆树下又爆了一锅爆米花。

新出锅的爆米花味道实在是太香了!这一锅是张四媳妇儿的,她跑到大铁网笼子的另一头,解开麻袋口,往自己的袋子里装爆米花。她一边装,一边让你们过去吃一点,也一边往自己嘴里塞。

你二爷磕了磕大铁炉子,把它立了起来,把狗盛子的苞米倒进大铁炉子里,盖上盖子,放上炉子,开始摇了起来。

大铁炉子里又传来"哗哗哗"的声音,炉子下的火苗依然在氧气中燃烧,爆米花的香味使劲地钻进了你的鼻孔,你不由得也打了个大喷嚏。

白娘子

你拿着木头板凳放在了地中央,跨着板凳面坐了上去。你旁边的板凳上,张老桩子、李大海、赵老姑娘他们也一字排开地坐着,炕沿上也有几个老太太一边嗑着瓜子,一边唠嗑。她们唠嗑的声音时大时小,却也并不影响你们看电视。

白娘子被关进了雷峰塔,她在塔里对着佛祖念着经。卸去白色头饰的她显得更加慈爱,好像一个女子经过了年轻时的美艳之后,必定会如此这般充满着母性的风韵。这种风韵,哪怕是在青灯古佛旁,也并没有消减。

因为她还在惦念她的儿子,许仕林。

法海说,若要白娘子出塔,除非是雷峰塔倒,西湖水干。

雷峰塔似乎是不会倒的,但是也许西湖的水真的会干。

你看,许仕林不是焦急地在西湖边淘着西湖水吗?你并不知道西湖有多大,西湖水有多少,但是,你相信,许仕林一定能把西湖的水淘干。西湖的水淘干了,雷峰塔自然就倒了;雷峰塔倒了,白娘子就能出塔了。

你一直痴痴地这样想着。

你看着许仕林满头大汗地顶着烈日艰难地淘着西湖的水,你的心都快提到了嗓子眼上。你和身边的张老桩子说,过一会儿西湖的水就干了,雷峰塔就倒了,白娘子就出来了。

你们谁都没有看过《新白娘子传奇》,自然都不知道接下来会发生什么。他们对你的话信以为真,你自己也信以为真,所以,你们好像都屏住了呼吸,眼睛紧紧地盯着放在柜子上面的黑白电视机,盯着许仕林手里的那把铁锹。

你以为西湖差不多和东沟子那么大,东沟子就在你去东边村子上学的路上。夏天的时候,沟子旁会有几台抽水机把沟子里的水抽到稻田里。你还记得有一次放学,你和韩二白他们一起到抽水机那里玩。韩二白他们在小水洼里抓小蝌蚪,你见周围没有大人,就踩在抽水机的大粗水管上,在上面蹦来蹦去。你一蹦,水管一头的水就会往上蹿一下,你不蹦,水就乖乖地贴着地面流。你喊蹲在水洼边的韩二白他们也来玩,韩二白用手往你身后指,你还问她:"你指什么呀?哈哈哈!我鞋子又没湿。"谁知道这时候你的屁股突然感觉一阵剧痛,你一下飞下了水管,差点摔进水洼里。

"谁家的小崽子?踩坏了你赔啊!"

一个膀大腰圆的壮汉对你吼道。你吓得赶紧就跑,韩二白他们就在你身后笑话你,因为你连她的暗示都没有看懂。

不过,你觉得抽水机是能把东沟子里的水抽干的。许仕林要是有抽水机的话,西湖的水就能很快被抽干。

镜头切换到白娘子在佛前念经的样子,她手捻佛珠,眼珠却在转,似乎感应到了许仕林在淘水。她皱紧了眉头,嘴里念叨着"仕林,仕林"。

那样子,很像你妈妈。你转过头,望了望在外屋忙活刷碗泡猪食的妈妈。你记得夏天的时候,你妈妈生病打吊瓶时,就是这样皱着眉。那种虚弱的样子让你和弟弟都感觉到心疼,但是你心里却觉得你妈妈那样也很美。

你突然感觉到那就是你的母亲,和整天在屋里屋外忙活着的你的母亲没有什么区别!

想到这里,你更加希望许仕林赶紧淘干西湖,希望雷峰塔赶紧倒掉!

"真的会干吗?"

"一定会干的! 你看着就是了。"

许仕林抬起袖子擦了擦汗,他的姑妈、姑父、表妹、义弟都很着急。不知道是哪个老太太抽的烟弥漫到你的眼前,你的眼睛有点湿。你偷偷地斜窥了一下你右边的张老桩子,他在摆着手赶着烟,你没看清他的眼睛。

你妈喊你爸往屋里打一桶水,大概水桶里的水用完了。你爸答应了一声,就把猪赶进猪圈圈了起来,回到屋里,拎起水桶,到南园子的井边去打水。

你妈妈永远和水打交道。浇园子需要水,做饭温猪食需要水,洗衣服刷碗需要水,给你和弟弟洗澡需要水……她的手在冷水热水中穿过,手指节有些肿大,脸上的皮肤却慢慢地不再水灵。

白娘子大概也需要水吧? 她给许仕林洗尿布的时候,她给许仕林洗脸的时候。但是,她在许仕林很小的时候就被关了起来,大概,她只能一次又一次地用水洗去脸上的泪痕了。

而最终,在许仕林淘了那么多次之后,西湖的水,却没有干。

白娘子慌乱地在塔里拍着紧锁的门,无助地跪在佛前祈求,祈求他的儿子不要那么傻,祈求她的儿子平安。

那一集就这样结束了。

"没干啊!"

"也没倒啊!"

你听不出来是谁在抱怨,你不知道是在抱怨许仕林,还是在抱怨你。

怎么会这样？白娘子怎么办？

坐在炕沿上的老太太和坐在板凳上的孩子陆陆续续地离开了，你起身站在门口，手把着门框，看着蹲在灶坑前给猪食烧火的你的妈妈。你只能看到她的半边脸，半边被火映得有些发红的干枯的脸，你说不出话来。

也许，明天，许仕林就会把西湖的水淘干。

倒卷莲

　　你和你妈妈从镇上的太姥姥家往回走,午后的风吹过路边大杨树的叶子,发出"沙沙"的声音。杨树叶子的影子在你的脚边摇曳着,你的脚踩在路上的细沙上,也发出"沙沙"的声音。从镇上到你家的路是用沙子铺的,这和村子里的路有点不一样。村子里的路就是土路,下雨的时候,土路就变成泥路;刮风的时候,土路就扬起灰尘。村子里的路和田间地头的路没有什么两样,只是少长了几棵灰菜、稗草而已。

　　而你走的这条路上,有很多小石头子儿。你一边走一边停下来捡几粒。小石头子儿就藏在沙子里,比沙子大,也比沙子好看。有的小石头子儿是白色的,像你刚刚掉了的下牙一样白。你掉的那颗下牙被你爸爸扔上了房顶。老人家说,小孩儿的下牙掉了,要扔上房顶或者放在门框的上边;上牙掉了,要扔在门槛底下。这样一来,嘴里的下牙才会往上长,嘴里的上牙才会往下长。你在路边的扫帚梅花秧的底下捡了一粒白色的小石头子儿,你不由得用舌头尖舔了舔你掉了的下牙留出的空隙,你希望那里长出一颗和这白色的小石头子儿一样坚硬的小白牙来。

　　扫帚梅的花开得真好,它和你差不多高,隔几步就有一棵。粉的、白的、红的、紫的,在随着风左右摇荡着。你随手摘了一朵,把它放在你从太姥姥家挖回来的倒卷莲的口袋里。

　　你太姥姥很喜欢倒卷莲,她家的园子里就有一大墩儿倒卷莲。夏天的时候,开出几十朵花来。花瓣儿火红火红的,向外卷着,上面布满了黑色的斑点。花心里伸出几根白色的细丝,细丝的顶上挂着黑色的花粉,而有一根细丝长在中间,顶上没有花粉,那是花蕊。远远看上去,盛开着的倒卷莲就像在飞舞。这样的花瓣,专门吸引大蝴蝶。你经常能看到紫黑色的或者玉色的大蝴蝶轻悠悠地飞到倒卷莲的花瓣上,伸出细长的舌头采花粉,然后又轻悠悠地飞走。你三番五次地躲在篱笆下面想把它捉住,可是你没有一次能捉住的。

你太姥姥就经常站在篱笆旁边,两只手扶着篱笆,看着倒卷莲的花。 她静静地站在那里,你不知道她在想些什么。 (摄影:韩芬)

　　你太姥姥就经常站在篱笆旁边,两只手扶着篱笆,看着倒卷莲的花。她静静地站在那里,你不知道她在想些什么。也许她幼年的时候也曾想抓住落在倒卷莲上的蝴蝶吧!只是不知道她有没有抓住过。她站在那里一动不动,风吹过倒卷莲的花瓣儿,花瓣儿就摇了几下。风也吹过她鬓边散开的几缕白头发,白头发也摇了几下。有时蝴蝶从花上飞过来，会在她梳成的圆圆的发髻上绕几圈，再飞向房顶上空，飞到后面的园子里，直到你再也看不见了。

倒卷莲的每片叶子挨着茎的地方会长出一粒黑色的像饭豆儿一样的豆子来，那是它的种子。你太姥姥会爱惜着把这些种子埋在花底的泥土里，等到第二年就长出一棵新的花秧。实际上，倒卷莲是靠根来繁衍的。按照自然老师所说，它应该是多年生的植物。

的确如此，你家南园子里韭菜地的边上也有几棵倒卷莲。春天的时候，韭菜发芽了，倒卷莲也从土里钻出来。你看见它的根有点像大蒜头，白白净净的，衬着黑色的泥土，很是精神。只是你家的倒卷莲有时候会惨遭猪的袭击，你爸喂猪的时候，那头黑母猪吃着吃着就到处乱跑，拱开园子门，甩着大耳朵就拱到韭菜地里，连着倒卷莲一起拱坏了。

你气得用脚使劲儿踢着猪屁股，踢得你的脚尖都疼。

母猪却毫不在乎，继续拱着。

那次串门临走的时候，你向你太姥姥要了几棵倒卷莲。你太姥姥拿着削土豆的刀片从倒卷莲的根底下挖出了几棵，还给倒卷莲的根包上一些土，装进一个塑料袋里。你像得了宝贝一样，捧着它和你妈妈往家里走。

风吹过塑料袋，也发出"沙沙"的声音。你把小石头子儿放进裤兜里，想着等回家的时候，好好地栽上这几棵倒卷莲，再把小石头子儿放在倒卷莲秧的底下。等到它结了种子，种子成熟落在地上的时候，就有了白色黑色的小豆豆铺洒在倒卷莲的花影中。你知道，这几棵倒卷莲开花的时候，也一定能吸引来紫黑色的大蝴蝶。你就会蹲在花底下，像你太姥姥站在篱笆旁一样，一动不动。等到蝴蝶飞到你头顶，你就抓住它。

你又看到了脚下有一粒白色的石头子儿，你蹲下身把它捡了起来，然后小跑几步赶上你妈妈，拉着你妈妈的手，踩着沙子发出"沙沙"的声音，继续往家里走。

饭 盒

一大早,你妈妈就在锅底给你炒了一些蛋炒饭,还加了些黄瓜片,准备你上学的时候带着。

你在东边的村子里上小学,走路差不多要半个小时才能到学校。中午的时候又不方便回家吃午饭,所以,你妈妈给你准备了一个铝制的饭盒。每天早晨,她都把你的午饭准备好,装进饭盒里带着。有时候是蛋炒饭,有时候是烙饼,还有的时候是米饭和茄子。学校里负责打铃的师傅那里有一口锅,专门给你们这些带饭的学生热一下午饭。那时候还没有自动响铃的铃声,老师傅手里拿着一个扇形的锣,上课了,他就拎到走廊里用个小铁棒"当当当当"地敲几下;下课了,他也拎到走廊里敲。到了第四节课,他就开始在小屋子里烧火,给你们热饭。

你们早晨到了学校之后,就把自己的饭盒摆到锅里。锅底是一点水,水上面放一个锅叉儿,你们的饭盒就放到锅叉儿上。为了不把自己的饭盒和别人的饭盒弄混,你用钉子在饭盒盖上刻下你的名字,名字刻得并不怎么好看,那个"春"字看起来很长。乍一看,有点像你爸扫院子用的大扫帚。你去放饭盒的时候,锅里已经有几个饭盒了。你能认得出有点旧的是刘长春的,还有旁边那个是韩二白的,他们有时候带饭吃,有时候回家吃。有一次,刘长春带的苞米楂子,里面还有些汤,结果不知道怎么的,饭盒没有摆正,苞米楂子的汤全都洒了出来,顺着饭盒边淌到别人的饭盒里,最后淌到锅底的水里。老师傅一烧火,把他的苞米楂子的汤烧得蒸发了,气味全都浸在别人的饭里。等到吃饭时去拿饭盒,大家才发现。刘长春很郁闷,他被别的同学抱怨着,自己连饭也没有吃。后来,他再也不带有汤的饭了。

你把饭盒轻轻地放到其他人的饭盒上面。其实,你们谁也不愿意放在底下,因为放在底下,只能等别人把他们的饭盒拿走了,才能拿自己的。你们这些小饿狼怎么能等那么久?

你多想再跑到小屋子里去帮老师傅烧火,多想拿着半扇锣跑来跑去地敲敲打打。 而你,只能把饭盒放进锅里,等到中午再去拿。
(摄影:韩芬)

还没等到中午,就有几个人把自己的饭盒拿出来,偷偷地吃一点,吃着吃着,到中午的时候就不够吃了。还有几次,也不知道是谁,偷吃别人的饭。所以,你们都把自己的饭盒用小绳子绑上,绑成一个十字形。这样一来,别人就不好解开绳子偷吃了。

有时候，下第三节课后，你和刘长春几个人就挤到小屋子里，帮老师傅烧火。老师傅姓什么你也不知道，他长得很高，也很老了，但是腿脚还很利索。你们蹲在灶坑边烧火时，他就坐在木头凳子上，卷上一根旱烟，"吧嗒吧嗒"地抽起来。他会问你们是哪个村子的孩子，是谁家的孩子，还问家里有几个孩子。你们都抢着回话，他就笑呵呵地跟你们几个唠着嗑。烧了一会儿火，就快上课了。老师傅把烟头扔进灶坑里，要去拿锣。你就站起来，跑到墙角也去拿。你顺手拎起锣和小铁棒往走廊里跑，一边跑，一边喊："我去敲铃！上课喽！"然后走廊里就响起来"当当当当，当当当当"的锣声，老师傅就站在门口看着你笑。你又不尽兴，拿着锣跑到房子外面敲，"当当，当当，当当当"。不一会儿，外面踢毽子的、玩跳绳的、扒沙子的、去小便的同学们就跑回了教室。你再大摇大摆地走回来，对着老师傅做个鬼脸，把锣放回原处。你和几个烧火的就一溜烟地跑回教室里去。

那样清贫的日子，你们也并不觉得难过。整天带着饭盒来来回回，整天跑到小屋子里帮老师傅烧火，整天拎着半扇锣敲敲打打，也着实很热闹。大概小孩子的快乐就这样简单，就这样单纯。

只是，小孩子也是小馋猫。

你也是。

有一天，你妈妈翻鞋样子的时候，你看见夹鞋样子的账本里有一块五毛钱。你趁你妈妈不注意，就装进自己的口袋里。然后第二天上学时，你就没有带饭。你和你妈妈说，中午要跑回家吃饭。结果到了中午放学，你拿着一块五毛钱到学校附近的小卖店买了一袋方便面，还买了一个面包和一块大大泡泡糖，坐在教室里吃起来。同学们都很意外，一向带饭的你，怎么今天突然买方便面和面包了？要知道，那个时候，方便面和面包都是大家舍不得花钱买的东西。你自然不敢说出真相。吃完了，你就和几个孩子去外面疯跑去了。

到了下午,韩二白他们从家里回到学校,告诉你,你妈妈喊你回家吃饭,你也没怎么在意。下午上课的时候,你有点不安了,你不知道回家之后该怎么说。就这样熬到放学,回到家,你妈妈问你的时候,你只好如实地告诉她。她狠狠地教育了你——你要吃方便面,可以说出来,怎么能偷拿呢?咱们家怎么能有这样的人?

你妈妈以为你中午没有吃饭,在家里直着急,而你,却拿着钱,自在逍遥起来。你觉得很对不起她,看着你妈妈一脸严肃地忙活着做晚饭、温猪食,你的心更加不安了。

后来,你还是乖乖地每天带着饭盒去上学。那件事很长时间没有在你的心头散去,你感觉同学们看你的目光都是异样的,你也不知道烧火的老师傅是不是知道了那件事。

你多想再跑到小屋子里去帮老师傅烧火,多想拿着半扇锣跑来跑去地敲敲打打。而你,只能把饭盒放进锅里,等到中午再去拿。

你端着饭盒,看着饭盒盖上那不工整的名字,你不知道那像大扫帚一样的"春"字什么时候能真的像扫帚一样,扫去你心头的乌云。

腌酸菜

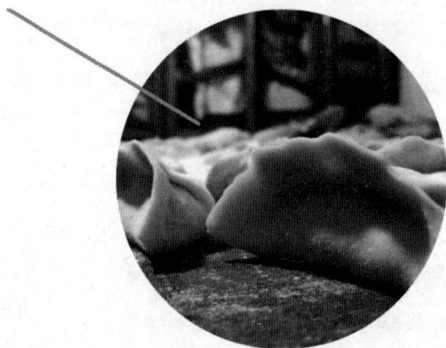

在所有的蔬菜中,白菜对于你们的生活尤其重要。春天时,小白菜苗可以蘸酱吃;夏天时,稍大一点的白菜可以和粉条一起做汤吃;秋天时,把白菜晾干吃干菜;冬天时,腌好的酸菜可以做汤或者包酸菜馅的饺子。这种紧贴土地生长着的并不高大甚至低调得有些土气的蔬菜,让你觉得它们就像村子里的乡亲一样,朴实而不张扬,踏实而不高傲。

深秋的白菜未经秋霜,长得很壮实。它们成排地长在你家后园子的垄台上,你爸爸用菜刀贴着白菜的根部把它们砍下来,搬进屋里。你妈妈就坐在酸菜缸旁边的小板凳上,用削土豆皮的刀片清理着白菜的根和枯叶,准备用它们腌酸菜。

酸菜缸早就刷洗了很多遍,刷缸时洒出的水在地上淌出一条条弯弯曲曲的印子来。你妈妈把清理好的大白菜一层一层摆在酸菜缸里面,菜头朝里,菜根朝外,围成一个圆形。圆形的中间是深绿色的,圆形的外面是乳白色的,它们安安稳稳地躺在那里。摆好了一层,你妈妈就在一层白菜的上面撒上一些盐。这些盐不是精盐,而是大粒儿盐,像小石头子那么大。精盐是平时炒菜用的,大粒儿盐是下酱、腌咸菜、腌酸菜用的。撒好了一层大粒儿盐,再摆上一层大白菜。当摆到快半缸的时候,你妈妈就在白菜上面铺上几层塑料纸,你爸爸穿着栽稻子时穿的那双超级高的大靴子踩到塑料纸的上面。他在塑料纸上一圈一圈地踩着,你妈妈就扶着酸菜缸指挥着,指挥着你爸爸这边再踩踩,那边再踩踩。你爸爸的脚就按照你妈妈指挥的方向踩着大白菜上面的塑料纸。很多时候,你妈妈都指挥你爸爸干这个,干那个。你爸爸就按照你妈妈的指挥去做,但是他嘴里却不停地唠叨:"你不说看我会不会干?""就是你会指挥,比国家主席还能指挥。""幸好你没有当官,你要是当官能把手下的人累死。"他唠叨的时候,脸上还笑嘻嘻的,其实他心里很乐意让你妈妈指挥的,但是嘴上总是说不用你妈妈在那里瞎指挥。你很愿意在旁边安静地听着他们说这样的话,每次听见你爸爸说你妈妈指挥他的时候,你都想笑,好像你妈妈是总司令,你爸爸是士兵,总司令指挥着士兵。这就是乡村的生活,每个家里似乎都有指挥别人的,也有被指挥的,无论是谁指挥还是谁被指挥,他们口是心非的言语里都充满着浓浓的生活味儿。

这生活味儿就像大白菜在酸菜缸里发出的有点咸却很清新的味道,那是只有离土地最近的东西才有的味道。

你爸爸踩了一会儿,大白菜的高度明显低了很多,他从酸菜缸里迈下来。你妈妈把塑料纸揭开,下面的大白菜严严整整地挤在一起。然后你妈妈继续往里面一层一层地摆白菜,再一层一层地撒上大粒儿盐。到了一定的高度,你妈妈再铺上塑料纸,你爸爸再穿着大靴子踩严实。直到酸菜缸摆满了大白菜,你妈妈再往缸里添一些水,再把大白菜的上面铺好塑料纸,把塑料纸的边拽得一丝空隙都没有,你爸爸就搬来一块大石头,压在最上面。

一缸酸菜就这样摆好了,要等过一段时间才能吃。你妈妈和你爸爸又忙着打扫削下来的白菜叶子和白菜根,收拾酸菜缸周围的垃圾。

村里的人见面的时候,就会问:"你家酸菜腌了吗?""今年腌多少?""多腌点,等儿子儿媳妇回来的时候包饺子,他们都爱吃酸

包好的饺子拿到外面放一会儿，就被冻得硬邦邦的，再把冻饺子
装进袋子里，想吃的时候拿出来一点煮。 这样的日子，也过得
有滋有味。 （摄影：吴春玉）

菜馅的饺子。"

是啊，酸菜馅的饺子，村里的人都爱吃，在外打工的儿子儿媳
妇只有过年回家才能吃到，不能不多腌一些。

酸菜腌的时间差不多的时候，就快过年了。村子里杀年猪
时，必然要用猪肉烩酸菜吃，还把血肠也烩在一起，炖在大锅里。
杀完了年猪，就开始包冻饺子。从酸菜缸里捞出几盆大白菜，剁
馅子，拌馅子，和面。到了晚上，一大群人坐在炕上、站到地上包
冻饺子，一边包，一边唠着年成怎么样、打工怎么样的事情。

包好的饺子拿到外面放一会儿，就被冻得硬邦邦的，再把冻
饺子装进袋子里，想吃的时候拿出一点来煮。这样的日子，也过
得有滋有味。

吃冻饺子的时候，还能看见白菜那绿色白色的小碎块，咬上
一口，酸中带着清新。

等到第二年的春天，你家还继续种白菜，蘸酱吃，做汤吃，腌
着吃。那种离土地最近的白菜，还在你的村子里生长着，低调着。

瓜 子

冬天的夜风刮得窗外的塑料纸"咔咔"地响,房后电视杆上的天线也跟着摇晃,摇晃得电视的画面时不时地出现雪花,看不清小龙女甩出的金铃索,看不清杨过鬓边飞逸的长发。你坐在炕沿边越看越着急,等待电视雪花清晰的片刻,你伸手向炕沿上放着的簸箕里又抓一把瓜子,"嘎嘣嘎嘣"地嗑了起来。

你妈妈还在外屋炒另一锅的瓜子,瓜子略带煳味的香气弥漫在锅的上方,也弥漫在你妈妈的身边。透过门上的玻璃窗看过去,好像你妈妈在云烟之中。你妈妈炒瓜子的时候,只有她自己在外屋锅台旁,你根本帮不上忙。因为炒瓜子需要掌握好火候,火烧得太旺,瓜子就煳了;火烧得太轻,瓜子又炒不熟。这种火候对你来说简直太难掌握了,你平时烧火的时候,都是一下子往灶坑里添一大堆柴火,塞得灶坑直冒烟,烟又不好往外排,呛得人只淌眼泪。那样的烟比炒瓜子的烟的味道难闻多了。

瓜子其实就是向日葵的种子,你们村子里每家每年都在地里种瓜子。你家的瓜子就种在北房后的苞米地地头上,有那么十几垄头的样子。瓜子秧和苞米秧一起长,苞米施肥了,也给瓜子秧施肥;苞米长出花了,瓜子秧也开花了。瓜子开花的时候,整天对着太阳转。太阳在东边,它的花就朝向东边;太阳在南边,它的花就朝向南边;太阳要落山了,它的花就恭恭敬敬地向西边送走太阳。瓜子开花的地方渐渐长成一个大圆盘,叫瓜子盘。瓜子盘上密密麻麻地长满了瓜子粒,它们有规律地排列着,很像蜜蜂的巢。瓜子盘上还的的确确飞动着一些蜜蜂,它们扇着小翅膀"嗡嗡嗡"地从瓜子盘的这个格子飞到那个格子,从这个瓜子盘飞到那个瓜子盘。你握着瓜子秧使劲一晃,蜜蜂们就都飞了起来。不过,你不会害怕它们来蜇你,采瓜子花蜜的蜜蜂一般都不蜇人的。

到了收割苞米的时候,瓜子也差不多长成熟了。成熟的瓜子盘会垂下来,那样子有点像对着土地诉说着什么。

你爸爸和你妈妈拿着镰刀割苞米,你就抱着一个你爸爸割下来的大大的瓜子盘坐在垄台上,从小格子里拔出瓜子粒,拿到嘴里嗑。刚长成熟的瓜子的皮还有点湿,瓤也有点湿,嗑不出来"嘎嘣嘎嘣"的声音。但是这种湿润的感觉有点像在水里泡过的样子,吃起来很特别。

苞米全都割完了,就开始打瓜子了。你爸爸拿着大镰刀把所有的瓜子盘都割下来,放到一块大塑料纸上。你和你弟弟就拿着一根小木棒打瓜子。把瓜子盘反着拿,左手拿着瓜子盘的边,右手用小木棒敲打瓜子盘的反面,瓜子粒就稀稀拉拉地往塑料纸上掉。有时候,你干脆把瓜子盘扣在塑料纸上,扣着好几个,然后拿着小木棒在它们的反面一个一个敲打,一边敲,一边哼哼呀呀唱着,有点像打鼓的感觉,就是没有打鼓的声音。等到把瓜子盘打破了,你一掀开瓜子盘,所有的瓜子粒就都掉了下来。你就捡起几个又大又鼓的瓜子粒吃了起来。吃一会儿,打一会儿,打得胳膊有点酸了,也就差不多快打完了。打完的瓜子盘会被你二爷拉到他家去,他用瓜子盘喂老牛。瓜子粒被你爸爸收起来,顺着风把细碎的叶子、花瓣扬出去,再把瓜子粒晾干,装进袋子里,等着过年的时候炒。

你妈妈正在炒的瓜子就是这样来的。

　　村子里的人都喜欢吃瓜子,长年累月的,大门牙上都有嗑瓜子留下的小豁口。你看谁的门牙上豁口大,那么他吃过的瓜子一定不少。为了防止门牙上也出现那么深的豁口,你不是只用门牙嗑,而是轮着用各个牙来嗑。嗑得久了,腮帮子就有点酸,口也有点干,你就到外屋的水桶里舀一瓢凉水"咕咚咕咚"地喝,喝完了再嗑,嗑完了再喝。

　　冬天的晚上,各家各户也没有什么事情,就他到你家、你到他家地串门唠嗑,也是一边唠嗑,一边坐在炕头嗑瓜子。唠完嗑了,炕头的瓜子皮都堆成了一座小山。再把这些瓜子皮扫进灶坑里,烧火的时候就烧掉了。

　　你妈妈这锅瓜子炒得差不多快好了,电视里还是雪花不断。你嗑得小手爪都黑了,嘴唇和舌头也黑了。你跑到镜子前看着镜子里黑黑的样子,龇着牙笑,除了一排牙是白的,其他的地方都是黑的。而且,牙缝上还粘着嚼过的瓜子瓤。

　　你还记得在你奶奶家的时候,你奶奶经常给你和你二叔家的妹妹扒瓜子瓤吃,你和你妹妹就枕在你奶奶的大腿边,一边一个。你奶奶扒一个给你,再扒一个给你妹妹,再扒一个给你……你说等你长大了,也给你奶奶扒瓜子瓤吃。

　　吃着吃着,你就睡着了。

弟 弟

家里有兄弟的人是幸福的。

就像你和你弟弟一样。

弟弟比你小两岁,是农历五月初一出生的。因为和五月节离得特别近,每到弟弟生日的时候,总有着鸡蛋的味道,有着新鲜树枝挂着彩色葫芦的喜气。

五月节,就是端午节。村子里过五月节的时候,都要煮鸡蛋,一煮就煮一大盆。五月节的早晨,你妈妈会拿着煮好的鸡蛋在你和你弟弟的身上滚鸡蛋,从头滚到脚。你和你弟弟就坐在炕头上,看着你妈妈的脸。你妈妈一边滚着鸡蛋,一边念叨着"滚啊滚,滚来好运气",似乎鸡蛋真的有那样神奇,真的能为你和你弟弟驱除邪祟,带来吉祥。

另外能驱邪招福的东西就是葫芦了。葫芦是用彩纸扎的,方形,带着长长的流苏。葫芦的口上有一根五彩的线,把线系在现摘的松枝和柳枝上,插到房檐下边,看上去花花绿绿的样子,很好看。

你弟弟生日的时候,你妈妈一大早起来就煮好了鸡蛋。她把鸡蛋用凉水冰了一下,就握着鸡蛋走到炕边。在赖床的你弟弟的脸蛋上滚着,依旧一边滚,一边笑呵呵地说:"今天我老儿子过生日,滚一滚,滚来好运气。"你弟弟很舒服的样子,跟你妈妈撒娇。滚完鸡蛋,你妈妈还俯下身用自己的脸贴着你弟弟的额头,贴着你弟弟的脸,你弟弟就睁着眼睛看着你妈妈。你妈妈也会在那天在你的脸上滚鸡蛋,似乎那一天,是你和你弟弟两个人的生日。你的脸上能感受到鸡蛋的温暖,那样的温暖里似乎还有你弟弟的味道。给你滚完鸡蛋,你妈妈依旧也把脸在你的脸上贴一贴。你妈妈的脸,让你觉得你和弟弟是那样的温暖、安全。

早晨吃鸡蛋的时候,你弟弟会把鸡蛋剥好,放在你妈妈、你爸爸和你的碗里。他还会拿着鸡蛋喂进你妈妈的嘴里,这是你弟弟的好处之一。家里做什么好吃的,他都会给大家分享。有时候,你妈妈在外屋做饭,他就拿着鸡蛋、柿子或者一块糖送到你妈妈的嘴边,笑着喂你妈妈吃。

有一天晚上,你弟弟到吃饭的时候也没有回家,不知道跑去哪里玩了。家里忙着种地,街坊邻居们累了一天,在你家吃晚饭,饭后天黑,就各自回家了。直到那时候,你弟弟还没有回来。你妈妈和你爸爸很着急,到处找。你站在大门口,看着你妈妈在大街上一边焦急地找着弟弟,一边喊着:"春龙!春龙!"你爸爸拿着手电筒,把西边的柴火垛照得发亮,也没有看见你弟弟的身影。

漆黑的夜色里,你就站在大门口。那种找寻不到的感觉,让你生平第一次体验到迷失的可怕。

你妈妈最怕你和弟弟被坏人拐走。你们很小的时候,她在院子里干活,就把你们放在南炕上,干一会儿活,就隔着窗户看看你们在不在。在地里干活的时候,她就在地头铺上一个小褥子,把你和弟弟放在小褥子上,她要一抬眼就能看到你们。你舅奶奶说,还没有看见哪个妈妈这么担心孩子丢了。都住在村子里,谁都认识,不会丢的。

而那天,那个夜晚,你弟弟却没有及时回来。

你想象不到,你弟弟若不在,你该怎么办。

你妈妈喊你弟弟的声音不断在你的耳边回响,那个声音,直到二十几年后,你依然还记得。连同那个漆黑的夜晚,那个夜晚的风,那个夜晚人们寻找时匆匆的脚步和身影,从未在你的记忆里消失。

不知道过了多久,你弟弟回来了。

他去了村子东头的一个孩子家玩,在他家吃的晚饭。吃完饭,还继续玩。夜深了,那个孩子的爸爸才送你弟弟回来。

村子东头,是住在村子西头的你们不怎么常玩的地方。你们也很少在别人家吃晚饭,你不知道别人家的晚饭是什么味道,你不知道你弟弟和一群陌生人吃饭时是什么样子、什么感觉。

你们都回到了屋里。

你的心安稳了下来。

然而这种安稳里,也多少带着些不安。在以后二十几年的日子里,你对弟弟突然有了一种别样的担忧。你担心在某个夜晚,他会再一次消失,会消失得你们再也找不回来。

你明知这种担心是多余的。

二十几年后的现在,你弟弟工作的地方离你工作的地方只有三四个小时的车程,你们至少一个月还能聚一次,吃他喜欢吃的烤鱼,买一买换季的衣服,逛一逛邻近的城市。你妈妈总是担心他会照顾不好自己,你嘴上一直劝你妈妈,他都那么大的人了,什么事情自己都有分寸的。而你心里,却也像你妈妈那样,充满着担心。

这种担心,后来演变成一种恐惧。你恐惧你家里人给你打电话,当你的手机来电显示是你妈妈或者你弟弟的时候,你都不敢去接。你害怕他们发生什么不好的事情,所以你都定期地给你妈妈打电话,你都常常看着你弟弟的 QQ 是不是在线。你宁愿自己主动打给他们,也不愿意他们打给你。

也许每个人的生命都在各自漂泊,但是在南迁北徙的岁月里,你们的心却从未迷失,从未离开过。

你和弟弟的脸上,都有着你妈妈给你们滚鸡蛋时留下的温暖的感觉,都有着你妈妈的脸贴着你们的脸留下的温暖。

这样的温暖,是属于你和弟弟两个人的,只有你和弟弟共同经历过,共同感受过。

月　影

在属于黑色的东西里,大概只有影子最调皮了。影子的黑色是跳动的,它随着你的脚步向前移动,你低下头,它就变短,你举出手,它就变长。

从你舅姥家往回走的时候,正好是有月亮的晚上。差不多是晚上八点多的样子,月亮在你的身后,影子在你的身前。你清楚地看着自己的轮廓,它与大地贴得那样近,近得连你自己都有些嫉妒了。

你的两只手伸到了身体的左边,影子里的手也伸到了左边。你的两个食指和小指勾在一起,摆弄了一下,影子就变成了小兔子的样子。那只小兔子也曾跳动在你家屋里的东墙上,那是你借着灯光做的兔影。你的手离灯泡近的时候,兔影就变大;离灯泡远的时候,兔影就变小;上下摆动的时候,兔影就上下跳动,随着你手指的摆动而呈现出奔跑的样子来。和你的兔影一起奔跑的还有你弟弟做的兔影。家里两个孩子,墙上两只兔子,孩子不孤单,兔子也不寂寞。

有的人家房檐前的灯开着,你的影子就多出了一个。不过,那个影子淡淡的,不像月影那么黑,但是却很大,因为你离灯泡很近,离月亮很远。它们同时通过光把你以影子的形式照在了大地上,以影子的形式贴近着村子里的小路,以影子的形式把夜晚的村庄留在了生命里。

你扭过头,看了看天上的大月亮。月亮就在你后面的大榆树的树梢上,你能隐隐约约地看到月亮里的大桂树,至于月亮里的吴刚和玉兔,你就只能想象了。你曾无数次地枕在你奶奶的腿边,听她讲着吴刚砍桂树的故事睡去。人的生命总是与某个事物有着难以割舍的联系,就像你的生命从一开始就与月亮有着千丝万缕的联系一样。

你的生肖是兔,你爷爷给你取名为"春玉"。"春"是你们这个辈分的标志,就像你爸爸的辈分是"芳"字,你爷爷的辈分是"文"字一样。不一样的是,你爷爷的"文"字在中间,你爸爸的"芳"字在最后,你的"春"字在中间,等你有了孩子,他的"宣"字就会在最后。这样错落有致的字成了你们家族的标志。你爷爷说,如果以后遇到名字里带有这些字的人,把前后几辈人报一报,就能知道是不是一个家族的人了。想必,大清朝那会儿,你们家族也是很庞大的。取名为"玉",大概是"谦谦君子,温润如玉"的意思,另外还和你的生肖"兔"很搭配。你爷爷是读过书的人,你爷爷年轻的时代,村子里过年时的对联、福字都是人家请他给写的,估计要是早出生几年,也能考个秀才。他取的名字,自然也是有讲究的。

就这样和月亮里的玉兔有了联系。而你的汉族姓氏偏偏姓"吴"——虽然几经考证,你已经不知道自己的满族本姓了。大概在你三爷爷家供着的黑色的盒子里记载着,但是那是你们家族的禁区,你从来没有打开过那个黑色的盒子。不过,你的满族姓氏大概是以"wu"音开头的某个姓氏,比如乌拉那拉氏、乌雅氏等等吧。而现在,你只有汉族的姓氏,这个"吴"姓里还保留着满族姓氏里的一个读音,成了满族姓氏的一个影子,它和月亮里的吴刚的姓是相同的。

所以,你的生命和月亮联系得那么紧密。

你伸开手,捧着洒在手掌上的月光。那样的月光里,有吴刚砍树时抖落的桂叶,有玉兔捣药时碰撞的声响,有嫦娥凭栏远眺时深锁的蹙眉。它们照在你的脸上,照在手心,然后,留给大地一团黑影。

你又用双手摆弄出一个黑色的兔子来,它在地上跳来跳去。你抬头看了看月亮,你想知道月亮里的玉兔能否看到,这只在大地上奔跑的黑兔子。

藏猫猫

　　你三爷爷家房子西头的电线杆高高地伸向天空,电线杆顶端时不时传来摩擦房檐的声音。老房子听着这个声音听了几十年,它们之间一定藏着很多别人不知道的秘密。

　　你趴在电线杆的底下,两只胳膊交叉着抵着电线杆,头再抵着两只胳膊。电线杆上传来你所熟悉的杨树那厚实而光滑的感觉,靠近你胳膊的电线杆上有几道用小刀片割过的痕迹,还有几个字,大约是"某某某是小狗",你记不清是谁把对谁的诅咒写在上面,电线杆就默默地承受着。它或许会把这个诅咒告诉给老房子,但是它从来不让诅咒应验,因为你没有看见过谁一下子就变成了摇着尾巴的小狗。刀刻的字几十年没有变,你们每个人却都从小孩子变成了大人。而这些,电线杆都知道。

　　你闭上了眼睛,什么都看不见了。你用耳朵细细地听着他们躲藏的脚步声,十几个人的脚步声凌乱地跑向不同的方向。你能听出来有一些人跑到了南边的仓房,有一些人跑向了北边的柴垛,过了仓房和柴垛,你就再也听不见了。你嘴里大声地数着从一到十的数字,你每数一个数字,你的肚子就往回收缩一下,你的腰带就一伸一缩地来回摆动。你数数时呼出的气吹在你的胳膊上,你觉得天地之间只剩下了自己,你靠你的呼吸、你的声音和你肚子的

收缩感觉到自己的存在。那一刻陪伴你的,只有那根用杨树做的
电线杆。

　　你刚上学前班的时候,也是数数的。学前班就在你家后院的
于老师家,于老师父女就是你的学前班老师。七岁的那个夏天,你
还没有起床,就听见于老师和你妈妈在院子里说话的声音,大概是
在问你几岁了,是不是该上学了。你一骨碌爬出被窝,跑到窗台上
隔着玻璃张望。于老师手里拿个本子,他一边和你妈妈说话,一边
在本子上记录着什么。那天早晨之后,你妈妈就开始给你打点上
学的用具。其实,也打点不出什么,无非就是本子和铅笔,但是最
重要的,就是检查你数数。上学前班,是要先学会从一数到一
百的。

他们都躲藏了起来,但是无论躲藏到哪里,都躲不出仓房和柴
垛,都躲不出这个村子。　(摄影:吴春玉)

　　去于老师家上学的第一天,你和韩二白、刘长春、张二哪几个
人挤满了他家的小屋子。你坐在他家南炕的炕沿上,炕沿上还坐

着几个人，地下的木头凳子上也坐着几个人。于老师就开始让你们轮流数数。韩二白他们先数的，数得很快，一百个数从嘴巴里噼里啪啦地蹦出来，连唾沫星子都没蹦一下，就全都数完了。于老师看起来很高兴，每数完一个人之后，于老师就说这个人可以上学了。你在一旁却紧张得要命，手指紧紧地捏着衣角，眼睛盯着数数的人的嘴巴，心里紧张地跟着他一起数，反反复复地，生怕自己忘记。轮到你数数的时候，所有的人都盯着你，你吓得不敢看他们的眼睛，你只盯着于老师家地上的土豆窖的盖子。村子里的每户人家屋里的地上都要挖一个土豆窖，把秋天收回来的土豆放进窖里。但是每家的土豆窖盖子都不一样，有的是木头拼成的，有的是铁板。于老师家里的是块铁板，大概怕学生多，一不小心掉进去——土豆窖的深度足以淹没你们的身高。你发现他家土豆窖盖子上还有一块瓜子皮，大概早晨扫地的时候没有扫出去。你的眼睛看着那个瓜子皮，深深地吸了一口气，开始数起数来。那次数数的时候，你的肚皮也一鼓一瘪地变化着。大概数到一半的时候，你嘴里的唾沫星子飞了起来，溅到了别人的脸上，引得其他人一阵哄笑。你却不敢笑，还要小心翼翼地往下数，好不容易数完了，于老师说你也可以上学了。

趴在电线杆旁数数不需要数那么多，也不需要数那么快。藏猫猫只要数十个数就行，数得慢一点，让别人藏好。你在从一数到十的时候，脑袋里刚开始还在根据脚步声判断他们躲藏的方向，后来就开始天马行空地乱想起来。你想着：这根电线杆原本是哪里的一棵杨树呢？你三爷爷和你二叔是怎么把它伐下来，又运回来，再把它修理好，立在这里的？它一直孤零零地立在这里，却从来没有想过去找一找其他的杨树。或者它也想过，只是它没有脚，不能走，也不能跑罢了。而你们这些长着手脚的孩子，整天围着它跑来跑去，又将跑到哪里呢？

数完十个数，你睁开了眼睛，那一瞬间，眼前有点发黑。

你转过身，一个人影都没有，南边的仓房和北边的柴垛静静地立在那里，就像这根电线杆一样。

他们都躲藏了起来，但是无论躲藏到哪里，都躲不出仓房和柴垛，都躲不出这个村子。

被你最先找到的那个人，会在下一轮藏猫猫中，趴在电线杆下数着十个数。你会在下一轮中躲藏起来。

年幼的躲藏，始终都是能被找到的。不是在仓房的门后，就是在柴垛的洞里；不是在老房子的角落，就是在茅厕里……那一个个小身体，像小猫一样静悄悄地蜷缩着。

而成年之后的躲藏，哪怕只有数一个数的时间，又有谁能找得到？

路

　　秋天的傍晚，月亮在南边灰色的天空中慢慢挪移着。你赶着鹅群，从北边田地里的小路往家走。你和月亮之间隔着一带杨树林，从你站的方向望去，月亮正好挂在杨树的枝头。杨树最高的枝头上，几片没有掉落的叶子在轻轻地摆动着。月亮里也有一棵树，那是一棵桂树。你看见月亮里的桂树长得很茂盛，却看不清桂树的叶子。你也不知道桂树的叶子是什么样的，那个角度看过去，好像杨树的叶子就是桂树的叶子。杨树的叶子一边摆动，一边和月亮里的桂树说着悄悄话。你想它一定会告诉桂树，离它不远处的小路上，有一个拿着鞭子的小男孩在赶着鹅群回家。这个小男孩一边走，一边望着它，也望着月亮，望着月亮里的桂树。

　　你每天都从这条路上走过，但不是每天都能看见月亮。

　　这条南北走向的小路，你走过了无数遍。路的东边是你家的地，去年种着苞米，今年这片地种着黄豆，地头还种着土豆和瓜子。在这条路上，你就算闭着眼睛也能走回家。

　　田间的路就像黑土地的血脉，它从你的村子向四面八方伸延着，伸延到另一个村子，再从另一个村子伸延出去。伸延到埋葬村子里死去的人的坟茔，伸延到通往镇里的大路，伸延到你太姥姥的家里，伸延到你妈妈的舅舅家，伸延到你叫不出名字的地方。你从

田间的路就像黑土地的血脉，它从你的村子向四面八方伸延着，
伸延到另一个村子，再从另一个村子伸延出去。 （摄影：吴春玉）

来没有走得更远，你想也许它还伸延到松花江，伸延到北大荒，也
可能伸延到北京和深圳。你在语文课上学过，深圳以前也是个村
庄。以前的以前，所有的城市都是村庄，而未来的未来，并不是所
有的村庄都变成了城市。

你并不知道城市的模样，那里也有这样的路吗？

即便有，你一定不能在那条路上闭着眼睛走回家。

这条路被马车、牛车、四轮车压出了两道硬得发亮的车辙来，
车上装满了收回的大豆和苞米，装满了从镇上赶集时买回来的白
糖和大米，装满了到另外一个村子送亲的人们，也装满了你对路的
那头的好奇和渴望。

并不是所有的路都能回家。

那一次，你们村子里的刘二在放学回家的路上，不小心就走失
了。他沿着苞米地边的树林一直走，不知道拐了多少个弯，不知道

在路边住了多少个夜晚，三四个月都没有找回家。他饿了，就吃苞米杆，渴了，也吃苞米杆。苞米杆最下面的三四节很甜很甜，有时候你也砍下苞米杆，剥了皮，嚼着那块甜甜的杆，吸吮它甜甜的汁液，再把嚼碎的杆吐出去。刘二就这样没有被饿死，他一定吃得把嘴唇都磨出泡了。

沿着那些不知名的小路，他走过了很多的村庄。最终，他被一个老头发现了。老头告诉了老头的老伴，老头和老伴把他收留了下来。第二天到派出所报了案，派出所的民警就询问刘二是从哪里来的。刘二有点脑筋不对劲，支支吾吾地也没有说清楚。后来也不知道怎么就搞清楚了，派了一辆车子，把他送了回来。

从他走失到他回来，三四个月里，他妈妈的眼泪都哭干了，村子里的人以为他再也回不来了。不少人都替他难过，也有的说他本来就是个脑筋不对的人，早晚都要出事情。可是，他就这样回来了。人们都说，他大难不死，必有后福。

他到底走过多少曲折的路，又从怎样的路回来的呢？

这个问题一直在你的脑海里存在了很久，晚上睡不着的时候，你就在大脑里为他画一个路线图，从他家里传出来的关于吃苞米杆的话语，从他的腿上被树枝刮出血的伤疤里，你一点一点地画着他走过的路。而最终，你没有画出来。你只知道，他在路上迷失了，又沿着另一条路回来了。

还有一些年轻的小伙子，也是沿着这些路到外面打工。他们背着简单的行李去北边栽稻子，去南边建大楼，去更远的地方打拼个一年半载，到了过年的时候，再沿着这些路回来。路记得他们来去的脚步，为了让他们顺利地回家，路从没有改变过方向。

而人，却在不断地改变自己。

人不像牲畜家禽，你放一条狗出去，狗在路上撒几泡尿就能顺利回家；你放一头猪出去，猪在路上拉几堆屎就能顺利回家；你放一群鹅出去，鹅在路边吃一下午草也能顺利回家。

放人出去,就有些人再也回不了家。

回不了家的人,还能看到这样大的月亮吗?还能看见杨树叶子和月亮里的桂树说悄悄话的样子吗?还能知道路边地里的苞米大豆什么时候播种什么时候施肥什么时候收割吗?

杨树的叶子还在跟月亮里的桂树说着悄悄话,你摇晃着手里的小鞭子,抽打着路边年年长出的稗草,赶着鹅群,往家走。

门

　　人的一生，要走过多少不同的门，要多少次走过同一扇门。

　　你日日从你家的各扇门走过，每一扇门都记得你走过时的样子。你从里门走到房门，走过南园子的篱笆门去摘黄瓜，走过后园子的小木门去拔大蒜，走过院子的大门把猪赶出去撒尿，背着书包去上学，拿着上供用的肉去你三爷爷家……你再从院子的大门回到你家里，再走过房门，走过里门，在屋子里吃饭睡觉看电视。你比任何一扇门都矮小，任何一扇门都未曾想过要把你关牢。

　　记不清是你几岁的时候，你妈妈在外屋煮饺子，饺子快煮好了，你着急忙慌地从碗架子里拿了一个小碗和一双筷子，跑去外屋吃刚出锅的饺子。跑过里门的时候，一不小心，绊在了门槛上。你手里拿的筷子一下子杵到了左眼皮，留下了一道细长的疤痕。那扇涂着绿油漆的木头门一定还记得这件事，后来你每次拿着抹布擦它的时候，都想问问它当时为什么要绊倒你。可它总是不说话，默默地享受着你殷勤的擦洗。在一次又一次的开合中，它终于再也关不牢了。每次都要用很大的力气把它关严，不一会儿，它自己就又开了。它的确有点老了，它的门框两边一年接一年地被贴上新的春联，又一年接一年地被火墙烤得脱落；它的门槛被来来往往的脚步磨得中间凹了下去，终于再也不整齐了。自从有了这房子，就有了这扇门,这扇门的衰老,也就意味着这个房子不再年轻。

陪伴房子一起衰老的,还有房门。和里门不同的是,房门要宽一些,房门的外侧被镶上了一块铁皮。炎热的夏天,把房门打开,支上一把铁锨,凉爽的风就吹进了屋里;寒冷的冬天,要在房门里

跑过里门的时候,一不小心,绊在了门槛上。 你手里拿的筷子一
下子杵到了左眼皮,留下了一道细长的疤痕。 (摄影:韩芬)

面再安上一层保暖门，或者挂上一块棉门帘。房门衰老了，关上房门的时候，门的上框会露出一丝缝隙，光和风就透过那块缝隙钻进屋里。你妈妈冬天在屋里炕上做棉鞋的时候，总能感觉到房门没关严。她对于冷风的敏感一次又一次地告诉你，房门的确累了。它阻挡着寒风和暴雨，阻挡着撒欢的种猪不断地拱挖，阻挡着深夜的野猫不停地挠抓……它为房子承受了太多，比屋上的瓦片和砖砌的垛子还要多。它累得再也撑不起精神，却还耷拉着身体继续做着一扇房门该做的事，承担着一扇房门该承担的责任。

门，无疑是忠厚的。

它任由你靠在门框上看着你妈妈做饭，任由你坐在门槛上拿着小米喂鸡雏，任由你倚在它身后藏猫猫。

外面正对着房门的，就是南园子的篱笆门。南园子靠门的地方是你家的水井，那是你们一家人，一家鸡鸭鹅狗猪，一家黄瓜白菜茄子辣椒的水源。你爸爸每天从井里打出清凉的井水，穿过篱笆门，穿过房门，拎进屋里来。水桶边溢出的井水洒在门框上，洒在门槛上，顺着门框和门槛淌到地里，再从地里渗下去，或者被阳光蒸发掉。门就静静地看着这些井水不断变化的样子，它静静地看着拎水的人怎样从一个青年变成一位父亲，再看着一位父亲渐渐衰老。

你不知道你爸爸和你妈妈年轻时的模样，但是门都知道。你慢慢地抚摸着那扇门，试图感觉他们年轻时留下的微笑，却触碰到一种如风雨般的沧桑。

门，会不会也有悲伤？会不会在寂静的夜里有着无尽的怅惘？

门，会不会后悔把你们守护到大，再看着你们一个接一个远走他乡？在南风过田亩的夏夜，它是不是随着微风吹呼唤你的归来？在明月挂枯树的深秋，它是不是映着寒霜祈祷你的平安？这一切的一切，你都无从知晓。

在你每次回家的时候，它都会等在那里，等你亲手把它打开。

它把一家的等待和盼望都为你收藏好,而你所给它的,不过是开门时那微薄而短暂的体温。这些,你从来没有留意过,它却始终都记得。

它记得你的手,怎样从玩泥巴的黑乎乎的小手,变成指尖残留着粉笔屑的大手。它也许试图从你的手心里感觉你长久的漂泊,从你的脚步里感觉你奔波的风尘,你那短暂走过的身影,成了它一辈子的念想。它也许会猜想你在他乡会遇到怎样的门,也许会猜想你会不会因为某扇门而想起它,会不会因为某扇门而忘记它。

而今,它一定是在深深的夜里,看着垄上的幼苗渐渐长高,陪着屋顶的瓦片慢慢衰老;它一定借着南风细嗅你千里之外的味道,对着月色独立中宵……

你想,如果有来生,能否有缘陪着它,风雨寂寥,静默终老?

井

村子的生活离不开井。

每家的园子里都有那么一口井,木头的井沿,水泥的井沿,木桩做的井架,钢铁做的井架。井下的水隔着土地把每家每户连在一起,从前年到去年,从去年到今年,从今年到明年,井不变,水不变,村庄也不变。

你趴在井边,把双手撑在井沿上,伸着脖子向井下看。一条长长的井绳把你的视线拉向了深深的井底,井绳的尽头有一汪亮亮的井水。你晃动了一下井绳,那汪亮亮的井水就摇晃起来,在暗无天日的深井中,荡起一圈圆形的波纹。你对着它"啊"的喊了一声,它也对着你"啊"的喊了一声。你问它:"你在干啥?"它也问你:"你在干啥?"它是一只无须喂养的鹦鹉,在幽暗的世界里跟你学舌。

这口井陪伴了你家多少年,井水滋养了你家多少年。

每天天刚亮,你爸爸或者你妈妈就拎着水桶到这里打水。村子里的所有井都在清晨复活,从村子西头到村子东头接二连三地响起了打水声。井水跳跃着从地底下爬上来,爬到你家的饭锅里,爬到他家的脸盆里,爬到喂猪的猪槽里,爬到养马的马圈里。到地里铲地,要带上一壶新打出的冰凉的井水;正午要刷猪圈,要几桶井水浇在猪圈里;黄昏时栽柿子黄瓜,还要打一些井水浇在小苗的根部。在日复一日的打水中,村子里的人练出了坚实的胳膊,磨出了敦厚的性格。

你盯着井底那一汪亮亮的水,猜想着那水下面是不是真有个龙宫,龙宫里是不是也住着个井龙王。你在电视剧《西游记》里看到,孙悟空和猪八戒就在取经的路上遇到一口井,猪八戒还被孙悟空骗到了井底的龙宫里抬出一个淹死的皇帝。如果那里真有个龙宫,那么每家的井都会通向龙宫,你家的井,东院你舅奶家的井,西院你四爷家的井,都能通向那里。龙宫里的井龙王一定知道你家的事情,知道你们村子里大大小小鸡毛蒜皮的事情。谁家的孩子被狗咬了,谁家的篱笆被猪拱了,谁家的老牛生小牛犊了,他一定知道。连你昨天傍晚在猪圈墙头撒了一泡尿他都会知道。他不会生气吧? 那泡尿不会渗进土地顺着水脉滴到他那长长的胡子上吧?

想到这里,你赶紧站起来盯着脚下的土地。

那块土地天天被打出的井水淋到,还有些湿润。你挪了挪脚,脚下的鞋印就印在了潮湿的土地上,把土地印出一个个小菱形来。这些洒出的井水也会沿着水脉滴到井龙王的胡子上吗? 好像不能吧? 否则井龙王早就找上门了,不找上门,也会托梦给你爸爸的。你从来没有听你爸爸提到他梦见井龙王的事,也许他真的没有来托梦。

井龙王大概是个大度的人,不仅仅因为他从不计较这些小事,还因为他管辖的井水从来没有枯过。就连不小心掉进井里的鸡,都没有被井龙王炖了吃掉。鸡掉进了井里,还能被打捞出来,只是掉进去时是喘气的,打上来之后就安息了。

井龙王一定能闻到鸡的味道,把鸡打上来之后,还要淘好几遍井水,井水才能变得清澈。一连打了十几桶水之后,井水就会下沉。不过,再等上一阵子,井龙王就会把井水恢复到原来的高度了。

　　冬天的时候,井沿和井壁上会结上一层冰。冰结得太厚,水就打不上来。你妈妈就烧上一锅事先准备好的水,烧到锅里的水翻出一个个大水花,再用这些开水烫井。把开水装进水壶里,沿着井壁慢慢地倒进去,井里就升腾出一股股白色的水雾。这样大概也烫不到井龙王,大冬天的,他一定趴在龙床上睡大觉呢。烫了几壶开水,井水就能顺利地打出来了。

　　到了过年的时候,你爸爸还在井边的栏杆上贴上大红烫金的"井泉大吉"。这个龙王一定能知道的,因为"井泉大吉"四个字的周围就有井龙王的画像,围绕着他的还有鲤鱼和荷花的图案。

　　你冲着那汪亮亮的井水,模仿着孙悟空的口气又喊了起来:"老龙王,老龙王!"里面也跟着喊:"老龙王,老龙王!"你摇晃着井绳:"此时不来,更待何时?"井底的水晃动着,也喊着:"此时不来,更待何时?"你听着这声音,"哈哈,哈哈"地笑了,井底也传来"哈哈,哈哈"的笑声。

　　你闭上了眼睛,把耳朵贴在井沿上,你想听听井龙王有没有回答你。透过土地和井壁,有一种轻微的颤抖传进你的耳朵。

　　那是井龙王的呼吸吗?

捡黄豆

拉黄豆的四轮车在黄豆地里一挪一挪地往前爬,车头的烟囱里"突突突突"地冒着黑烟。黑烟顺着风飘向了西方,在半空中先凝聚成一团黑雾,随着四轮车向前移动,黑雾拉成了一条黑色的纱带。它比你妈妈的蓝色头巾要长很多,大很多。纱带一点一点随着风散去,消逝得不见了踪影,空气中还留着煤油烧过的味道。

你爸爸和你舅爷在四轮车两边的田垄上,拿着大铁叉子把已经割好放成一堆一堆的黄豆枝挑起来扔到车上,你三爷爷站在车上把挑上来的黄豆枝摆均匀。车子上偶尔会掉下来一些黄豆枝,你爸爸和你舅爷有时候也不能完全把黄豆堆挑干净。所以,你妈妈就在车子后面沿着田垄捡黄豆,一会儿捡捡豆堆上落下的,一会儿捡捡车上掉下的,捡完了就放到你爸爸的叉子上,你爸爸把叉子一扬,就把它们扔上了车。

你也在车子后面跟着捡黄豆,捡得很起劲。你跑向车上掉落的黄豆,俯下身,用右手捡起来,再把它整齐地夹在左边的腋窝下;然后左胳膊使劲地夹着黄豆枝,再跑向另一处,俯下身用右手捡起来,再整齐地放在左边的腋窝下。等腋窝放不下了,你抱着一大捆黄豆枝跑向你爸爸,把它们放在你爸爸要挑起的黄豆堆上。你爸爸就一叉子扎进去,挑起来,扔上车。

在秋收的时候,捡黄豆是小孩子力所能及的活儿,你跟着你妈妈学着怎样捡黄豆捡得最干净。一年到头,辛辛苦苦地播种铲地,要的就是这些成熟了的黄豆,丢下一点儿都舍不得。用你妈妈的话说:汗珠子掉地上摔八瓣,不能糟蹋了庄稼。

捡黄豆,捡的就是那掉在地上摔成八瓣的汗珠子。只是汗珠子掉下去的时候是透明的,捡起来的时候是金黄的。

那时候,学校里也搞创收。在黄豆收得差不多的时候,老师会带着全班的学生,拿着小麻绳,到收完的黄豆地里捡别人落下的黄豆枝。你和同学们每个人把着几根垄,从地的这头往地的那头捡。那真是一种地毯式的,每一根被落下的黄豆枝都会被你们捡回去。有时候,你们还会去抢一根黄豆枝。即便如此,你们捡到的也不多。毕竟人家拉黄豆的时候,也有妇女和小孩跟在车后面一起捡。一块地捡到头,也都还没有捡多少,你们就转移到另一块地,继续捡。

这样捡黄豆的样子,有点像行军抢粮,用你们的话说,那就叫"鬼子进村"。抗日的片子你们没有少看,每次学校里放电影不是《地道战》就是《地雷战》。放电影的时候乌压压地挤满了一间教室,很多人都挤不进去,你还是站在走廊里的桌子上透过教室的小玻璃窗看到的。日本鬼子猫着腰拿着抢,愣呵呵地往村子里走,一不小心就踩上地雷,炸得四仰八叉的。有的地雷上事先还放了大便,鬼子们就被炸得连屎带尿一命呜呼了。你们都把别人说成是鬼子进村,而把自己说成是八路,拿着黄豆枝当机关枪,"突突突突"地对着对方猛烈进攻。

进攻到最后谁都没有死,也没有受伤。你们到了地头用小麻绳把黄豆枝捆起来,再背起来,像八路军背着行李一样,吆喝着回学校。捡了一个下午黄豆,也不见得怎么累,倒是那几块地里留下了你们一行行小鞋印,甚至还会留下几泡尿,留着给明年的黄豆当肥料。

回到学校之后,把所有的黄豆枝放在一起,等着以后打出豆子卖钱,再买煤,留着冬天取暖用。

村子里一些种地少的老人,到了这个时候就会整天四处捡黄豆。他们拿着个大绳子,看谁家地里的四轮车一走,就过去捡。捡到绳子扛不下了,就先送回家,然后再出来继续捡。这样捡个十天半个月,也能捡到很多黄豆。这些黄豆要么卖掉,要么留着下酱。村里每家都用黄豆下大酱,家家园子里都有个酱缸,只是每家下的酱味道有些不一样罢了。

你妈妈一直猫着腰捡,很少把身体直起来,因为反反复复地弯腰起身腰会受不了。你也学着这个样子捡,但是你坚持不住,因为在捡完一处的时候,你总是习惯直起身跑向另一处。等到晚上睡觉时,你的腰就会阵阵发酸。而你妈妈和你爸爸长年累月地用弯腰的姿势在黑土地里劳动着,播种的时候弯着腰面对着黑土地,铲地的时候弯着腰面对着黑土地,收割的时候弯着腰面对着黑土地……弯着腰面着大地成了他们永恒的姿态。他们用这种最辛劳最低微的姿态面对着大地,收获着生活。在这样的姿态里,他们在慢慢地变老。

他们弯腰时淌下的汗珠一定落在了每一棵黄豆上,沿着黄豆叶子,顺着黄豆杆淌进了黄豆的根里,黄豆根再把汗珠吸收,长出一个个黄豆粒来。并不是每一年的黄豆都能长得好,并不是每一年都能大丰收,这种靠天吃饭的生活,除了播种铲地驱虫要靠人力之外,剩下的,也只有祈祷的份了。

而哪个庄稼人不是如此呢?

四轮车的烟囱还在不断地冒着黑烟,你爸爸和你舅爷还在不停地挑着黄豆。你再一次捡起一个黄豆枝,剥开豆荚,里面蹦出三粒金黄的豆子来。你拿起一粒放在嘴边咬了咬,你想尝尝成熟了的汗水是什么味道。那不是咸的,也不是甜的,是什么样的呢?

冻 梨

　　天已经黑了,你气喘吁吁地和村子里的小伙伴们结束了打蛋儿的游戏。你拎着一根半长不短的小木棒,滑着早已被车轧得光溜溜的大道往家里走。打蛋儿,是冬天里一种火爆的游戏。用个苞米瓢子做蛋儿,一大伙儿人在雪地冰地里挥舞着各色的棍棒打来打去。戴着的手闷子(棉手套)和棉帽子早就脱了下来,跑得全身出了很多汗,头发上还在冒着热气。这一场,从吃完晚饭就开始打,打碎了好几个苞米瓢子,输赢都忘了,要不是因为天黑了,你们还要继续打。临走的时候,你们说定明天晚饭后还继续玩。

　　你把打蛋儿用的棒子插在了后园子的柴垛里,磕打了几下棉鞋上的雪沫,就进屋了。

　　你把棉帽子和手闷子扔到了炕上,看到屋里炕上放着一个盆子,盆子里满满地盛着冻梨。你伸出手指碰了碰最上边的一个,一丝冰凉从你的指尖传到你的身体。黑色的冻梨外面结上了一层厚厚的冰,好几个冻梨被冰层包在了一起,映着灯光发亮。

　　这是你爸爸从镇上赶集的时候买回来的,一共买了一袋子,和冻梨一起买回来的,还有冻柿子、冻花红、冻带鱼、冻豆腐什么的,它们被放在仓房里。晚饭之后,你妈妈拿着淘米用的红鲤鱼粉牡丹底、白漆蓝边小铁盆到仓房里盛回一大盆冻梨,浇上一瓢凉水放在屋里炕上,等着冻梨慢慢融化。

冻梨,是北方人冬天吃的水果,也不知道是什么样的树结出来的果子,大小和鸭梨差不多,黑色的,在市场上买的时候,就冻得邦邦硬。村子里每家每户都买冻梨吃,大人小孩都喜欢吃。

浇上凉水的冻梨外面会慢慢地结上一层冰,就是你看到的这层亮亮的冰。等到冰结到一定程度之后,用削土豆的刀背敲打冰层,一层层冰就脱落下来,样子有点像鸡蛋壳。冰层被打下来之后,包在里面的冻梨就能吃了。

你也到镇上去赶过集,你奶奶家和你太姥姥家就住在镇上。到了星期一,整整一条长街上都摆满了各色各样的小摊位,从南头一直到北头,熙熙攘攘地全是人。卖东西的人用木板或者大塑料纸铺成货摊,吆喝着卖。水果糖块、鸡鸭鱼肉、衣服鞋子、春联鞭炮……什么都有,什么都是新的。快到过年了,满地都是年货。买东西的人挤来挤去,这看看,那看看,或者砍砍价格,或者货比三家,三五成群地逛来逛去。你看到的大多数都是大人的裤子,蓝色的裤子,黑色的裤子,红色的裤子,带兜的裤子,不带兜的裤子,有的还露出黑色的皮带,露出藏青色的棉裤腰。满世界都是叫卖声和砍价声,不过,也着实热闹。

你爸爸买东西从来不会砍价,这袋子冻梨买回来,要比别人买的贵了一些。你妈妈埋怨了两句,也就没事了。

你妈妈在炉子里添了一把苞米瓤子,在炉子上坐上一壶水,就进屋准备洗衣服。你坐在炕沿上歇了一会儿,就从外屋的土豆筐里拿出削土豆的刀,在冻梨堆里敲打着。好不容易从冰上敲下来一个冻梨,你就把冻梨握在了手里,冰凉冰凉的,但是你一点也不嫌凉。你使劲一握,残留在冻梨上的冰"啪"的一下就落了下来,你把冻梨用水冲了一下,就站到炉筒子旁边吃了起来。

你喜欢吃这样凉凉的东西,用你妈妈的话说,你身体里的火比较大,所以喜欢吃凉的。大概真的是这样,一大口咬下去,冻梨顺着食道滑进胃里的感觉真是很爽快。这样的冻梨,你能一连吃五六个,吃得身子有点冷了,就站到炉子旁边烤火。冻梨消除了你身体的火,炉火消除了冻梨带给你的寒冷。

冻梨是不是梨树在冬天结出的果子?没有人告诉你,你也没有问任何人。

但是,冻梨始终是倔强的,就像被冰雪冻住的大地,就像三九天刮得凛冽的北风。

它以倔强的姿态,给冬天带来年的味道。

黄太平

　　刚发现那些果子的时候,你和你二叔家的妹妹春雪正在你奶奶家的园子里玩。冬天晴朗的日子,夕阳把满园子的雪照得有点红,和你妹妹的小脸蛋差不多。春雪的小脸蛋到了冬天就有一点红,红得很可爱。一点北风吹过来,烟囱里的烟就顺着北风往南飘,那是你奶奶在做饭。烟飘过黄太平果树那高大的枝杈,树头上还没有落尽的叶子在北风中瑟瑟地颤动着。你和春雪看着烟飘的时候,发现树头上除了有一点叶子之外,还有一些没有掉下来的果子。

　　黄太平是你爷爷种的果树,你爷爷很喜欢种果树,他家的园子里,种了很多品种的果树:黄太平、灯笼果、樱桃、李子、秋果……你爷爷退休之后就在镇上修理自行车,白天修车,早晚就侍弄园子。爷爷起得很早,你经常能看到爷爷在园子里铲草、栽苗、浇果树。晚饭之后,他也在园子里弄弄这个,弄弄那个。他有一把特殊的铁剪子,就是专门修理果树的。每年开春的时候,他就把园子里的所有果树都修理一遍。爷爷还会嫁接,他从别人家的果园里要来一些你也叫不上名字的果树的枝杈,嫁接到黄太平或者其他果树的枝杈上。你曾看见过爷爷怎样嫁接,他把要嫁接的枝杈底部斜着削断,再找一根壮实一点的黄太平的枝杈,小心翼翼地把皮割开一条缝,但是不能把皮撕下来。开了一条小口之后,再把要嫁接的枝杈底部插到这个小缝里,最后用布条缠好。爷爷在果树上嫁接了很多的枝杈,这样结出来的果子就有特别的味道。而嫁接的枝杈大部分都能成活,第一年结出那么几个宝贝似的果子,到了第二年、第三年,就能结出更多的果子来了。

这棵黄太平也不知道种了多久了,它是园子里最高最大的果树,它见证了你爷爷家很多的事情。那一年,住在四川的舅爷一家人来看望你奶奶,你们整个一大家子就在黄太平下面拍了一张照片。那张照片洗好后,被你奶奶放在玻璃相框内,摆在了皮箱子上。你在你奶奶家住的时候,早饭后收拾屋子,擦皮箱子,也顺便擦一擦摆在上面的长长的玻璃相框。照片里一家子人后面的黄太平结满了果子,你贴近照片,细细地看,想找出哪一根枝丫是你爷爷嫁接上去的,却始终找不到——它长得太茂密了。

有了这些果树,你们就能吃上很多果子。你挑着那些还没有完全熟了的黄太平吃,酸酸的味道,能酸得嘴里直淌口水,能酸倒你的牙。但是,你就是爱吃这样的果子。你奶奶常常笑眯眯地看着你吃,一边笑,一边说:"看着你吃,我都觉得嘴里好酸。"你奶奶眼睛本来就小,加上年纪大了,上眼皮耷拉下来,那一笑就更显得眼睛小了。奶奶说这些的时候,你也对着她嘻嘻一笑,继续吃起来。你奶奶还会把吃不完的果子切成一片一片的,摆到用高粱秆编的盖帘上放到太阳底下晒,有时候也用线把切好的果片挂起来晒,晒成干巴巴的果干。这些果干被收到小面袋子里放好,等到冬天的时候再拿出来吃。果干也保留着一些酸酸的味道,那也是你们都喜欢吃的东西。

而那一天,你和春雪突然发现冬天的黄太平的树头上还有一些果子,你们着实很兴奋。那果子一定和果干的味道差不多,家里的果干也都吃完了,把这些果子弄下来,正好解解馋。

你和春雪两个人就开始抱着黄太平的树干使劲摇,摇了几下之后,树上的果子就"嗖嗖嗖"地掉下来几个。它们掉在了雪地里,摔出几个小黑洞来。你俩赶紧跑向那几个小黑洞,扒开雪,捡起果子。这时的果子已经不是球形的了,而是饼状的,你俩管这个叫"果饼"。你把"果饼"上的雪擦掉,把皮扒开,里面的果肉呈深褐色。你掰开一块,放到嘴边尝了尝,软软的,冰冰的,有一点酸,还有一点甜。你对着春雪说:"好吃!"把剩下的给了她,她吃了一口,也说好。你们两个馋嘴猫像发现了宝贝似的,继续去摇晃那棵立在冬天里的黄太平,摇晃它树头上仅剩下的果子。

实在摇不下来了,你找来一根绑豆角用的架条,够着黄太平的枝丫往下打,果然还能打下来一些。你知道果树一定会疼,但是和你们的嘴馋比起来,这些似乎并不重要了。打了一会儿之后,你和春雪就又在雪地里捡"果饼",擦掉雪,扒开皮,吃它的果肉。

在那个连苹果橘子都只能在过年时吃上一回的年月里,这样的"果饼"真的是冬天里奢侈的食物了。那个黄昏,你和春雪尝到的也许是整个冬天里最好吃的东西。

后来,黄太平依旧年复一年地开花结果、叶发叶落。却不知道在什么时候,它突然枯掉了半边,这都是在你离开家上高中的事了。再后来,你奶奶的房子卖给了别人,你再也没有机会去看看那棵黄太平了。

不知道它是否还记得你爷爷在它身上嫁接枝杈时的身影,是否还记得你们一家人在它下面拍照片时的笑靥,是否还记得你和你妹妹在那个冬天吃它掉下来的"果饼"时妹妹脸上泛起的红霞……

而更加不知道的是——它还在不在了。

村 庄

一个人要抵达过多少个村庄,才能认清世界的模样?

你本以为世界就是你所在的村庄的样子,就是吴家屯从东头到西头,从南二节地到北房后的模样。你把整个村庄装在心里,把一个不可复制的世界装在了心里,带着它认识了村庄外面的村庄,认识了世界外面的世界。你抵达过何庭耀屯,那是你姥姥家的老屯。姥姥姓赵,何庭耀屯里姓赵的最多,他们不是你的姥姥们,就是你的舅舅们,还有你的表哥表弟们。你也抵达过赵生屯,那是你小学的学校所在的地方,你的小学和小学操场上的柳树,还有蹲坐在操场前的大讲台挤进了你的心里,在你的童年里始终挥之不去。你还抵达过后金家屯、新发屯、谭家屯、惠七镇。你以为你这一生都将在这几个村庄的版图里度过,在几个村庄的世界里悲喜。

如果是这样,又有什么不好呢?

你可以在夏日的黄昏站在村子西边的大道上远望着相隔几十亩地之外的村子的炊烟,你不用拿着望远镜也能看见那炊烟萦绕晚霞的轻柔;你可以在冬日的夜晚站在房后的柴垛上拿着手电筒回应北边的村子莹莹点点的灯火,那灯火连成一大片和天上的星星搅和在一起,忽闪出一个斑斓的梦。你可以在园子里打水的时候,听见前面村子的喇叭放出的情歌;你可以在苞米地里施肥的时候,听见西边村子的豆腐匠悠扬的吆喝。你可以把自己种在村子里,种在泥土里,种在春风冬雪里,种在寒来暑往里。你的根就在那里,你不想离去。

你可以把自己种在村子里,种在泥土里,种在春风冬雪里,种在寒来暑往里。你的根就在那里,你不想离去。 (摄影:韩芬)

而你,却没有如此失落过。

你可以把自己种成一缕炊烟,从你家的烟囱钻出来,飘飘摇摇地到另一个村子,隔着木框的玻璃窗闻一闻土豆炖茄子的酱香;你可以把自己种成一朵轻云,从村子东头的果树地慢慢悠悠地晃到村子西头的黄豆地,借着白蝴蝶的翅膀摸一摸黄豆花沾着露珠的清凉;你可以把自己种成一滴夏日的雨,从天上落到红瓦木檐的屋顶,顺着红瓦片落到小孩子的塑料瓶里,看着他童年里最真诚的笑靥;你甚至可以把自己种成一棵榆树,用叶子呼吸着村庄的呼吸,用生命记忆着村庄的生命。

而这些,都是你可以做的。

而这些,也都是你没有做到的。

而你,却没有如此失落过。

你背着你姑姑给你缝的第一个书包走出了你的村庄,走出了你原本以为就是整个世界的世界。

你不知道这种感觉是不是痛,只是你自从离开,就从没有找到家园。

那只是世界。

那插入云霄的摩天大楼,永远也冒不出村庄里袅袅升起的炊烟;那霓虹闪烁的千树灯光,永远也接不上村庄里璀璨迷人的星空;那风,带不来庄稼地里的禾苗香;那雨,浇不透南园子里的柿子地……

这些所有不能的,就是世界。

这些所有不能的,就是村庄外的世界,永远都不是家园。

你把自己,放到了不是家园的世界里。

你却始终想着:归去吧!

归去吧! 去摸一摸南园子里的柿子叶,让它的绿色再一次粘到你的手上,你的衣服上。粘上去之后,你不会像以前那样把它洗掉,你要一直粘着它,闻着它的味道,在一片柿子香中安然入梦。

一个人要抵达过多少个村庄，才能认清世界的模样？
（摄影：吴春玉）

归去吧！去喝一口水井里刚打出的清凉的井水，井水淌到大襟上你也不要擦去，你要打上一缸的井水，从早晨晒到下午，在黄昏时蹲在水缸里洗澡，把自己的身体溶成一滴水，化在韭菜地的泥土里。归去吧！去拿起你爸爸用过的锄头到地里铲地，拿起你爸爸用过的镰刀到地里割草。归去吧！在南园子堆满白雪的夜晚，抬眼望一望北斗星；在木框绿漆玻璃窗下，数一数蜘蛛网；在热乎乎的土炕上暖一暖疲惫的肩膀，在雨绵绵的夏日睡一个沉酣的午觉……

　　你只能把自己种在梦里。

　　梦里，你问自己——

　　一个人要抵达过多少个世界，才能回忆村庄的模样？

窗

　　早晨洗完脸,吃完饭,你妈妈拿出了一个小玻璃酒杯,在里面倒上小半杯从高贤酒厂买回的白酒,又从幔杆上取下那块用你穿小了的破背心做的小抹布,准备擦窗户。

　　你家的三间房子,除了外屋之外,正屋和里屋都是对称的旧式窗户。每扇窗户都是上下开的,窗户打开的时候,要把上面的一扇向上开起来。窗户框的边上有一个把手,开起来的时候,把手正好被从棚顶吊下来的钩子钩住。下面的一扇是可以拆卸下来的,夏天热的时候正好卸下来通风。窗户已经很旧了,木制绿漆的窗框被虫子蛀得有些松懈了,正屋左边的窗户玻璃也都裂开了。裂缝处,还留着你妈妈去年冬天贴上去的一条窄窄的报纸。远远看去,好像玻璃上多出一条小木框。

　　那时,你家的炕还是南炕,炕里就是窗户。你时常站在炕上,手把着已经掉了漆的窗框,透过窗户看着在南园子篱笆外随风摇曳的柳树,看着住在前院的一户户人家的烟囱冒出的一缕缕炊烟,看着房檐滴下的一条条雨帘,看着漫天飘摇着不肯落在地上的雪花……风会从玻璃的裂缝钻进来,你伸出手,用手心去感受风的力量。你猜想着它是从哪里来的,它是不是吹过很远很远的农田,是不是吹过村前的杨柳和炊烟,是不是吹过燕子的羽翼,吹过云外的蓝天。你用手握紧它,想让它在你的手里停下来。它却从你的手指缝钻出去,钻得你找不到它的痕迹。你俯下身,把小脸蛋对着玻璃缝,用你的脸去与它亲热。它果然在你的脸上不停地亲吻,然后消散。

你不能留住那一缕风。

窗框上的绿漆在风雨中渐渐地剥落,再也没有上过漆。 它变得越来越沧桑,就像你妈妈的粗糙的手,再也回不到年轻的样子了。
(摄影:韩芬)

你只能感受到风不断地吹进来,在你的手上脸上肚皮上刮过。

你索性坐在窗台上,你发现玻璃里会隐隐约约地映出你的样子。在土地的黑、柳树的绿和天空的蓝里映出你小脸的样子,那是一面没有做好的镜子。你靠近了玻璃细细地打量着自己,你瞪大了眼睛,玻璃里的你也瞪大了眼睛;你吐出了舌头,玻璃里的你也吐出了舌头;你掀开小背心露出肚皮,玻璃里的你也掀开小背心露出肚皮……你从玻璃里看到了你自己。

如果从房子正面看,房子真像人的脸,像一个庄家人憨厚的脸。而窗户,就是它的眼睛。你用自己的眼睛看窗户,也把窗户当眼睛看外面的世界。而这双眼睛,看到的永远是柳树一年又一年的发芽、抽枝和落叶,看到的永远是前面人家的炊烟冒出来再消散,看到的永远是太阳月亮的轮回,春夏秋冬的更替,风霜雨雪的变幻。它能看到星空,能看到飞鸟,能看到一幕幕乡村的景色。它其实并不寂寞。

因为,只有人,才会寂寞。

人们总想着透过另外的窗户去看另外的世界,总想着到这扇窗户看不到的世界去闯荡。也总会在疲倦的时候,倚在某一扇窗前,琢磨着一些莫名的事情。在一扇窗里寂寞着,又通过另外的窗去填补这份寂寞。

你妈妈站在木头凳子上擦窗户的外面,她在嘴里含了一小口白酒,喷在玻璃上。玻璃上会蒙上一层水珠,还有一缕轻雾,不过很快就会消散。然后她用小抹布擦着被喷过酒的玻璃,你在里面能看到小抹布在玻璃上四处移动着。你就从玻璃这边用手追赶着小抹布,在玻璃上留下你手的痕迹。你妈妈一会儿擦一擦,一会儿停下来看一看,一会儿又对着某一处哈气。气哈到玻璃上,又起了一层雾,又很快就消失,然后,你妈妈又继续擦。

擦过的玻璃里,映出来的你的样子更加清晰。

而那只是你的幻象。

你真的就这样清晰吗?你真的就能看得清自己吗?

谁也不知道,你自己都不知道。

窗框上的绿漆在风雨中渐渐地剥落,再也没有上过漆。它变得越来越沧桑,就像你妈妈的粗糙的手,再也回不到年轻的样子了。

晚上睡觉的时候,月光会透过窗户洒在你的被子上。夜晚的窗显得格外清寂,夜色使它变成了另外一个样子。它就在黑夜里看着星星月亮,看着风吹过屋檐,看着院子里的猫和老鼠。它也许会和外面的世界说话,因为你有时候能听见窗户颤抖的声音。它们会聊些什么呢? 它也一定有些老了,老得连你都听不清它在说什么了。

后来,你看到了很多的窗。你用你的眼睛为家里的窗看到了许许多多外面世界的样子,你的眼睛成了那扇窗的眼睛。在南迁北徙中,打量着世界,也打量着自己。

而无论如何,你再也不能从别的窗中看到那个瞪大眼睛、吐着舌头、掀起小背心露出肚皮的自己了。那个你,只有那扇窗才能看到,只有那扇窗还记得,还在不断地回忆着。

你也学着你妈妈的样子,去擦着一扇又一扇窗。你只是希望在这样的擦拭里,再一次看看篱笆外的杨柳,再一次看看烟囱里冒出的炊烟,再一次看看从窗子里洒进的月光。

你看到了吗?

稗草

太阳还没有落山,晚风已经有点凉快了。夏末秋初的黄豆地里,豆子长得和你差不多高。远远望过去,那半黄半绿的黄豆叶子随着风一浪又一浪地翻过去,翻到大地的尽头,翻到天空的尽头。偶尔会有几只鸟儿也追逐着那浪头飞翔,飞到天边的云影深处。随着风翻成浪的,还有那高高的、已经比黄豆还要高出一大截的稗穗儿。和黄豆叶子相比,稗穗儿翻动的过程只是随便地摇晃,根本没有黄豆叶子那颜色的变化。而就是这样简单的摇晃,都能让你感觉到时光的叹息和季节的脚步。

对于稗草,你太熟悉了。长在庄稼地里的稗草虽然不能被打成粮食,甚至还要被人们一遍又一遍地锄掉,但是此刻,你和你妈妈还有弟弟却在收割着稗草的果实——稗穗儿。你们每个人都拿了一个袋子,你妈妈拿个大袋子,你和弟弟拿个小袋子,手里还拿了一把小镰刀。那些在铲第一遍地、铲第二遍地和拔大草的时候遗落的稗草,在这样的季节里长得极为茂盛。你甚至不明白它们是怎样逃过三四遍被铲除的命运而兀自生长得这么好的。在那个农药连杀虫子都发挥不了太大作用的年代里,田垄里的稗草、灰菜、苋菜、节骨草都是靠人们在烈日骄阳下一锄头一锄头铲掉的。为了防止铲掉的杂草在下雨的时候复活,还要把它们攒成一大堆一大堆的,跋涉着抱到地头去。

而它们——你眼前的这些稗草却依旧完成了它们的生命。其实它的生命短得只有五六个月的时间,庄稼从地里长出来的时候,它就能长出来;庄稼要收割的时候,它也结了种子。你站在垄台上拨开身边的黄豆秧,右手拿着镰刀伸向前一垄上的稗穗儿,刀刃搭到稗草坚韧的茎,但是不要割下,要轻轻地把刀往回收,稗穗儿也跟着刀往你身体的方向走。你早已摊开左手等待着那棵稗穗儿了,等你左手握住它的时候,你右手里的镰刀用一点力气就把它割下来。

稗穗儿长得有点像麦子,也有针芒,但是没有麦穗儿的长,摸起来毛茸茸的。你把它伸到自己的脸上、脖子上,然后转动它的茎,脸和脖子便有一种淡淡的痒。大概村子里的每个孩子都玩过稗穗儿,拿着它去逗弄更小的孩子,去逗弄小鸡小鸭子,去逗弄爷爷奶奶。村里的每个人都应该被别人用稗穗儿逗弄过,连你也是,否则,当稗穗儿贴到脸上的时候,怎么会有那么熟悉的感觉?

你把它装进了挂在胸前的袋子里,继续往下一棵稗穗儿走去。有时候,稗穗儿是成群结队地出现的,它们在夕阳下摇晃出秋天的碎影。虽不艳丽,却让你感到亲切。

你们把稗穗儿收下来,是为了用它喂鹅或者猪。你妈妈又养了一群鹅,夏天的时候还有空把鹅群赶到西沟子去放放,到了秋天,都忙着割苞米、打黄豆、拉庄稼,哪有空去放鹅,只好趁着晚上割完地要回家的当儿,割下一点稗穗儿扛回去给鹅吃。

土地从来不会亏待人,它知道人们蓄养的鸡鸭鹅狗靠什么生活,所以,在给人们长出庄稼的同时,也没有忘记给鸡鸭鹅狗长出它们的庄稼。苞米黄豆、土豆辣椒什么的是人们的生活需要的,而稗草灰菜却是动物的生活需要的。如果动物们没有东西吃,那必然会和人们抢东西吃,最终吃亏的还是人。所以,土地不会允许人们把稗草全部铲去。它在人们一遍又一遍地铲地之后,又悄悄地让新的稗草长出来,让它们长到秋天自然而然地成熟,让它们看一看秋日的白云和夕阳,看一看满眼的苞米和大豆,然后,去完成它自己。

而土地,终究是仁厚的。它让一些稗草被人们收割掉,又让另一些稗草留下第二年的种子。等到第二年春风一过,它再一如既往地仁厚着,苞米、黄豆、土豆铺满在大地上,一起铺满的,还有稗草,还有灰菜,还有你都叫不出名字的花花草草。

大概世上的每一个生命,都有各自存在的理由,也都有他自己冥冥中要完成的使命。被你割下的稗草要完成的是喂饱鹅肚子的使命,没有被割下的稗草要完成的是明年播种的使命,鹅和猪的使命是长得肥肥胖胖的去卖个好价钱,你爸爸和你妈妈的使命是种好庄稼赚好钱供你和弟弟读书。而你的使命呢?

你大概只知道,你眼前的使命是拿好手里的小镰刀多割点稗穗儿回家。

你再一次伸出右手去够那棵稗穗儿时,稗草的叶子在你手背上割开一道小口子。你把手伸回来细细地看了看,那个小口子不深,但很长,你也几乎感觉不到疼。刚开始没有什么反应,过了一会儿,里面渗出一点血来,鲜红鲜红的。只是渗出了一点而已,没有什么事情。你把手抬到嘴边,嘴唇对着小口子咬上去,使劲儿地吸了一口,舌头有一点咸咸的,而手上的血,早就没有了。

你往前站了一步,继续割起稗穗儿来。

火车

　　你突然就跌进了一个梦里,在一个冷冷的冬天,在一个你已经忘了名字的站台。

　　你只记得你的眼前猛地就出现了一个铁皮做的大怪物,它庞大得你看不见它的头,也看不见它的尾,你只看见了你眼前能看到的大大圆圆的铁轮子,还有开着的大铁门下一级一级上去的铁阶梯。这是人们叫作火车的东西,它能带着人们走向很远的地方。火车,就在铁轨上行驶,铁轨是"工"字形的。你在村子里还看见过一段铁轨,不过,那段铁轨已经不再承载火车了,而是用来砸东西,或者压在酸菜缸上面。

　　你看着深深的火车道上的铁轨,在你站着的地面的前方。那是一个大坑,深得似乎能够淹没你。大铁门下的铁阶梯还是镂空的,似乎一不小心就能踩空。一踩空,你就会掉下去,掉到铁轨下,掉到车轮下,然后,被轧成肉泥。

　　你对上火车的恐惧就这样产生了。

　　你极力往后退,怎么也不肯迈出脚步登上阶梯。你妈妈从你后面抱住你,使劲地把你送上去。你就死命地用脚踩着地面,不肯抬起来。你靠着你妈妈的身体往后退,你后退的力气和你妈妈推你的力气抵消了,你还是保持在原地。

火车的"咔嚓"声和你后面的人群发出的呼喊声搅和在一起,在这杂乱的声音里,还夹杂着你抗拒的哭声。

那是你人生中第一次坐火车,在你大约七八岁的年纪,你和你妈妈,去你大姥姥和你二舅姥所在的城市。

你曾经对火车是那么好奇,听着村里坐过火车的人讲他们坐火车的经历都让你羡慕不已。火车上会有什么好玩的好吃的？火车会带你去哪里？也许你意想不到的经历会在火车上发生。对于一个孩子来说,火车就是一场刺激的历险、一场值得炫耀的旅程。

而你万万没有想到,你第一次坐火车的时候,竟然面对着这个庞然大物止步不前。那大大的车轮、深深的铁轨竟打破了你所有关于火车的想象,你觉得那就是一个可怕的断头台,一个让人毛骨悚然的刑场。

这些,你都没有说出来,也说不出来。

你用哭声来抗拒。

然而,你终究还是上了火车。大概你哭着的时候闭上了眼睛,你根本没有看清你是怎样一步一步走上去的。你只记得你的脚下一松,脚离了地,被你妈妈抱上了火车。

上了火车之后的事情,你全部忘记了。

你搞不清楚为什么那些大人拥挤着上车都一点不担心会掉到车轮下面,他们越是拥挤,你越是吓得不敢上车。前面是深渊,后面是猛虎,你真的乱了阵脚。

从那之后的十几年间你都没有坐过火车,火车成了残留在你脑海里的梦,你对火车抵达的地方充满了好奇,又对火车镂空的阶梯、坚硬的车轮充满了恐惧。

你对自己第一次坐火车的经历讳莫如深,从不提起。你不知道别人是不是和你一样,或者任何一个七八岁的孩子也和你一样。

从那之后的十几年你都没有坐过火车,直到大学毕业那一年,在东北与上海之间坐火车往来穿行了四五个来回,那时你虽然不再害怕火车的铁轮和阶梯,但第一次留下的阴影终究是不能散去的。每一趟三十多个小时的车程彻底把你变成了一个厌恶火车的人,火车上的气味、火车上的拥挤、火车上的颠簸,甚至火车上癫痫病人突然发作、三姑六婆讲经说法、孩子的哭声吵闹……让你这个原本就对火车有恐惧的人更加觉得厌恶了。

而你不知道那几个七八岁模样的孩子是不是也和当年的你一样,是因为恐惧才哭的。你三番五次地试图在他们的身上寻找你第一次坐火车的影子,可是你终究还是没有找到。大概那时的你,只留在了那时的车厢里,再也没有出来过,连你自己都没有把自己带出来。

你就这样清晰地记得,又彻底地忘记。

也许,那个你忘记了名字的站台,还记得你当时的样子。

鸡蛋糕

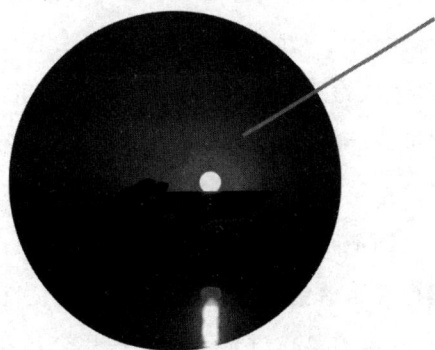

日头晒了一整天的南园子有点发干了，白菜苗儿根底下的土干得裂开了一道道小缝儿，在一个接一个的垄台和垄沟之间静伏着，像被烤死的蚯蚓，干瘪而黝黑。你从屋里拎出了那只红色的小水桶，来到井边打了一桶水，晃晃悠悠地拎到白菜地里，用小红水瓢给白菜苗浇水。

你把水桶放在了白菜地的垄沟里，用水瓢轻轻地舀了一瓢水，然后又沿着白菜心轻轻地浇下去。水在白菜心激起一个小小的漩涡，又沿着菜心流到了白菜根里。白菜根底下的土慢慢地湿润了起来，湿润的土颜色变得黑乎乎的。等你再浇上一瓢水的时候，白菜根底下的土更湿润了。有些还没来得及渗下去的水就淌到了垄沟里，淌到了你的凉鞋底下和你的小脚趾上。你的脚趾头有点凉凉的，黏黏的，那是井水和泥土掺和在一起带给你的特别的感觉。等你浇完了整整一垄的白菜时，这一垄的白菜明显和其他垄上的不一样，颜色是经水后的深绿，其他的则是苍白的感觉。这一垄上的泥土也像被大毛笔蘸了浓墨深深地抹上了一道，那深深的黑色让你觉得很舒服。

就这样打了几桶水浇了所有的白菜苗之后，白菜地里完全换了一种颜色，也换了一个样子。夕阳下的白菜苗有了十足的精神，你擦了擦额头上的汗水,重新舀了一瓢水,冲了一下沾满泥水的凉鞋和小脚丫。洗过的小脚丫好像也和白菜苗一样充满了精神,你用手摸着它们,也感觉凉凉的。

你打好了最后一桶水,拎到了屋里,放到锅台边上,然后回到里屋到洗脸盆里蘸了些肥皂洗了洗手,又到碗架子里拿了一个小小的盆,把没吃完的米饭和菜都端到了锅台上。你把锅盖打开,从水桶里舀了半瓢水刷了锅。在锅底下添上两瓢水,水上放个箅子,把米饭和菜放到箅子上。你又跑到鸡窝捡回来两个鸡蛋,在锅台沿儿上一磕,鸡蛋的中间就裂开了。你把鸡蛋对着碗沿着裂缝一掰,鸡蛋清和鸡蛋黄就"哧溜"一下滑进了碗里。

鸡蛋清是透明的,比水黏稠得多。要是蒸鸡蛋的话,鸡蛋清就会变成白色的。鸡蛋清的中间就是鸡蛋黄,那不愧是鸡蛋"黄",整个圆圆的一团都是黄色的,黄得那么新鲜。要是用鸡蛋孵小鸡的话,鸡蛋黄就是为小鸡雏提供营养的地方。小鸡雏在蛋壳里成形之后,鸡蛋黄就通过一根带子给小鸡雏输送营养。等到整个鸡蛋黄都被小鸡雏吸收了之后,小鸡雏就要出壳了。

不过,这些事情在你手里的鸡蛋里是看不到了。不是所有的鸡蛋都用来孵小鸡,也不是所有的鸡蛋都用来吃。可是,无论用来做什么,鸡蛋自己似乎都无从选择。

你打了几个鸡蛋在碗里,蛋黄之间隔着蛋清,蛋清之间隔着蛋黄,你盯着它们晃了晃,又摇了摇小盆子,里面的蛋清和蛋黄也跟着晃了晃。你拿起一双筷子,搅拌了起来。你沿着顺时针的方向搅拌出一个圆形,不一会儿,透明的蛋清和黄色的蛋黄完全分不清了,整整一个小盆里都是黄色的鸡蛋。那种颜色,大概是在这一锅饭菜中最明亮的颜色了。

你爸爸和你妈妈铲地还没有回来,他们每天都要铲到天黑才回来。地里有点荒,你妈妈身体也不太好,夏天铲地的时候还会累得呕吐中暑。

晚饭做个鸡蛋糕吧！

你在搅拌好的鸡蛋里放了一点盐，又继续搅拌了一会儿。你用筷子蘸了一些鸡蛋，放到舌头尖尝了尝，感觉不是很淡，也不是很咸。你把这碗鸡蛋放到了箅子上，盖上了锅盖，烧起火来。

你一边烧火一边盯着锅盖看，烧了一会儿之后，锅里传出一阵阵"刺刺"的声音，那是锅底的水快开了。直到锅盖边冒出了白气，白气升到棚上撞成了蘑菇的样子，就开锅了。一股熟了的鸡蛋糕的味道顺着白气钻出了锅，钻到了你的鼻子里。你使劲地闻了闻，好像那样一闻，就真的吃下了一口鸡蛋糕。但是，你不舍得吃它。

你把灶坑门口收拾干净，又洒了一些水在旁边。确定火都灭了，你跑到外面看看你爸爸和你妈妈回没回来。太阳都快落山了，西边的路上还有人影。你又跑回屋里，拌些鸡食，撒在了院子里的猪槽里。你一敲猪槽的边，那一群母鸡就扑打着翅膀跑过来吃食。你站在旁边看了一会儿，数了一会儿，一个都不少。

你把桶里最后一点儿鸡食倒了出来，就回到屋里放桌子。你把碗筷摆整齐，洗了一些黄瓜生菜，又走到外面，向西边看一看。

那时的夕阳啊，总是在落山前给整个村子披上一抹金黄的光。

牵牛花

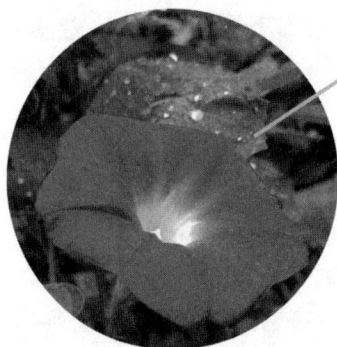

你和你舅奶家只有一篱之隔。你们两家是邻居，她家住东院，你家住西院。两家的南园子挨着南园子，后园子挨着后园子。园子和园子之间是一道用柳条插的篱笆，南园子的篱笆因为插在土里，有的柳条便生了根发了芽，长出招摇的枝条来。那些枝条向上长着，甚至长得比篱笆本身还要长。盛夏的时候，那枝条茂密得像一片森林，一片青翠的森林。

会有两三只麻雀在篱笆上飞来飞去，时不时停下来啄着柳叶上的小虫子。夕阳给它们披上一道柔和的光，那光会在微风中荡漾。那情景慵懒而绵长，像一段重复了很久却仍旧不断重复着的故事。

那绿色的枝条、青翠的柳叶和灰色的麻雀之间，还有更让人惊喜的颜色——玫红和莹蓝，那是牵牛花的颜色。

今年的牵牛花是去年的牵牛花在篱笆下留的种子，那些黑色的小种子从一个球形的小房子里剥落，掉在了篱笆下的泥土里。冬天的大雪覆盖在它们的身上，它们在白雪与黑土之间酣睡了整整一个冬天。也许，它们会梦见过年的时候你和弟弟在园子里放鞭炮，会梦见你爸爸一大早到井边打水，会梦见你妈妈清理园子里的积雪……它们该做多少梦，才会在春风融化冰雪的那一天醒来，

从某种意义上来说，你们的村庄就是那一道矮矮短短的篱笆，你
们每一个人、每一头猪、每一棵玉米都是那陈年剥落的牵牛花
种，在各自的春天里生根发芽，在这道篱笆下安安稳稳地度过一
个又一个季节。　（摄影：吴春玉）

才会在春日的阳光晒暖篱笆下的泥土时揉开惺忪的睡眼？

　　它们落在了篱笆下那块黑土地里，篱笆下的黑土地虽然是一
块不起眼的地方，却有着充足的营养。在黑土地上，有很多角角落
落的地方，比如电线杆下、猪圈墙脚、篱笆根儿这样的地儿，虽然比
不上成片成片的垄台垄沟那样惹人眼，却能给予生命顽强的力量。
就像你们的村庄，在整个东北平原上那也真算得上是一处没有人

愿意提起也不会有人记得的角落,却年复一年地滋养着村里的人们,滋养着村里的牲畜,滋养着村里的庄稼。从某种意义上来说,你们的村庄就是那一道矮矮短短的篱笆,你们每一个人、每一头猪、每一棵玉米都是那陈年剥落的牵牛花种,在各自的春天里生根发芽,在这道篱笆下安安稳稳地度过一个又一个季节。

但,你们又不都是牵牛花。

牵牛花从没有想过要离开,从没有想过要到很远的地方去追求别处的阳光和雨水。它安然地沉睡了一个冬季之后,又安然地去完成篱笆下的一生。

它在篱笆都发芽了之后才从土里钻出来,前两片叶子长得和白菜刚长出的两片叶子形状是一样的,就是颜色深了一点。它成片成片地长出许多来,篱笆下顿时就热闹了。浇园子的时候,你会给它们浇上几瓢水,不太正式,却也不太随意。浇完之后你会站着或者蹲着看一会儿,它们的叶子湿漉漉地对着你,也在看着你。你不知道你们彼此看些什么,想些什么,但是那种相对静默的感觉让你觉得很安心,很美好。与牵牛花相对,有时候似乎是在与自己相对。这种相对的感觉成了你生命中非同凡响的经历,以至于在你以后的生命中与很多植物和动物甚至没有生命的事物都相对而望过,再后来,相对成了相忘,相忘成了一种生活。当然,这些是当时的你无从知晓的。

牵牛花沿着篱笆慢慢地往上爬,在你不经意的黄昏,它蓄好一个饱满的花苞,那圆锥形的淡粉浓白的小花苞让你去猜想它会是一朵什么颜色的花。它调皮地挑逗着一个孩子的好奇与渴望,偏偏让你在睡梦中去猜想它第二天的样子。就像马上要成亲的新娘子,一定要等到第二天一大早才在锣鼓声中被迎进新郎的家门,在不断的贺喜和热闹里让猜想了整整一个夜晚的新郎焦急地揭开红盖头。牵牛花,就是在第二天的大清早才开出它清纯的花。

那一朵花的盛开,隆重却清幽。它精心地准备着一生一次的盛开,用了一个黄昏和一个夜晚去装扮那破晓时的姿容,用一生的美丽去等待晶莹的晨露和熹微的晨光。它不求天长地久的风光与荣耀,不求世人吹捧的骄傲与虚荣,它把一生都付与短暂的那一天,在篱笆枝头,兀自盛开,兀自清幽。

朝开夕逝,它不嫌短暂。

因为它未曾虚度。

它在那一天里努力地朝着天空盛开,在繁茂的柳条中间,摇曳出一种清新绝俗的静美。等到日过中天,它的花瓣渐渐枯萎,收缩,你不知道那时它是否伤心过。但是你分明能看到黄昏凋落的花瓣旁,还有新的花苞准备盛放。那朵新的花苞,会知道明天的此时,自己就会凋落吗?

看得见尽头的人生令人恐惧,看得多了,便会从容。

牵牛花是这样的吗?

也许它从未有过如此复杂的想法,它只是一朵一朵地完成各种生命。在花落了之后,便会留下绿色的种子,绿色的种子到了秋天变成黑色,再落到篱笆下的泥土里,安安稳稳地睡上一个冬天。

只要那道篱笆在,那片土地在,牵牛花会一代又一代地在柳条间盛开。

而生命本就短如牵牛,静如牵牛,又有几人能安然盛开?

豆沙馅

你爸爸把炕桌放到了地上,在炕桌一侧的两条腿下面垫上了两块木板,炕桌就一侧高一侧低地放在那里。几乎每家每户都有炕桌,只是大小有些不同罢了。炕桌是木板做的,有长方形的,也有正方形的,四条腿,有的刷了一层绿色的油漆,有的没有刷油漆。从炕桌桌面的光滑程度上,还能看出这炕桌的寿命。有的炕桌陪伴了人们一辈子,甚至几辈子。吃饭的时候把炕桌往炕上一放,家里的男人在炕头盘膝一坐,温上一壶纯粮酿造的白酒,咬上一口干豆腐卷大葱,这日子过得也逍遥自在。女人则很少盘膝坐在炕上,除非是有了辈分的人,或者是客人,要不就只坐在炕沿儿边上,一边吃饭,一边忙活着盛菜盛饭。

而现在才刚刚吃过晚饭,炕桌收拾完之后,又要用它垫着做豆沙馅。

你妈妈在放好的炕桌低的那一侧贴地摆了一个白漆小铁盆,然后把一块灰色的纱布铺在桌子上,铺完还用手在纱布上摩挲了一遍。她给锅里杵好了的红小豆加了一些水,拌了一会儿,就用水瓢舀了一瓢红小豆倒在了纱布上。她马上放下水瓢,迅速地把纱布的边一点一点扯起来,握到左手的手心里。这样一看,好像是用纱布做皮、红小豆做馅包的一个大包子。皮儿是皮儿,馅儿是馅儿,褶儿是褶儿,只是这个大包子还在往外渗水。水沿着桌子画了一条线,淌到了桌子边的白漆铁盆里。

接下来,你妈妈一手握着包子打褶的地方,一手按压着包子的大肚子,按完一下,再旋转着大包子接着按。每按压一下,包子里就会渗出一些水来。水再沿着桌子画线,再淌进白漆铁盆里。那些水浸过了红小豆沾染了红色,红得有点暗。在昏黄的灯光下,白漆铁盆里暗红色的水有一种幽深迷离的感觉。

红小豆,在你家黄豆地头儿种了几垄,本来也没有要种太多。虽然东北平原肥沃辽阔,但是对于每家每户来说,自家的那么几亩地还是弥足珍贵的。重要的地方都被种上了重要的庄稼,比如黄豆和玉米,在你们的村庄是种得最多的庄稼了。有几个年头,还有一些人家种甜菜和烤烟,遇上好时候会卖个好价钱,却也会因为连续的下雨或者不下雨而降低了产量。还有人家每年都会种瓜、种西瓜,到了夏天,就赶着牛车走街串巷地在几个村庄之间叫卖。在卖瓜的季节,不失时机地在瓜苗之间种上秋白菜,等瓜园再也产不出瓜时,瓜园就变成了白菜园。这些,还都是重要的庄稼。不太重要的,像麻籽儿、红小豆这些,只有在地头儿种了。其实,说它们不重要好像也不对,因为它们的的确确在村子里发挥着作用,是你们离不开的东西。

红小豆并不爬蔓儿,它长得没有黄豆秧高,却是一簇一簇的。到了秋天,就会结出一把把鼓实的豆荚来。你爸爸和你妈妈收完了土豆、打完了黄豆之后,就用个空当儿把红小豆打出来。那么几垄红小豆,也能打出快半袋子豆粒来,这足够你们一家人当年吃的了。

你们吃红小豆的方法比较单一,就是把红小豆做成豆沙馅,然后蒸豆沙包吃。然而,豆沙馅的做法却很复杂,相比于其他豆馅,多了好几道工序。

吃晚饭的时候,你妈妈就把红小豆洗净了放在锅里炸,一边吃饭,一边往灶坑里添柴火。晚饭吃好了,红小豆也炜好了。一打开锅盖,满屋子都是红小豆的香气。那香气钻进你的鼻子钻进你的嘴,你马上有一种甜甜的升腾的感觉。

你妈妈把锅盖靠墙立在那里,用勺子搅拌了几圈锅里的红小豆之后,就拿了一个杵子在灯光下的锅台旁开始杵起来。她弯着腰,面对着锅,双手握着杵子的一头,一下一下地杵着豆子。你家的灯光发出的是昏黄的光,那光照在你妈妈的头发上,她的鬓发和刘海有些零乱了,在灯光的映照下,那发丝显得有些苍老而疲惫。你就站在门框旁边看着你妈妈杵红小豆,那个弯腰的侧影深深地印在你的生命里,以至于每次想起她,你的脑海里总会出现那个画面。

你妈妈用袖子擦了擦额角的汗珠,理了理鬓边的碎发,虽是这么凉的秋夜,对着那口热锅杵豆子也难免不让人发汗。锅里原本一粒粒炜得膨胀起的红小豆,被杵得模糊了。红小豆的小红皮和里面细腻的面儿分开了,在锅里加满水,小红皮就漂上来,等面儿沉下去,用漏勺把小红皮捞出来,再把锅里的水浆用纱布澄出来,就有豆沙了。

你妈妈把手里的大包子按压得差不多了,就把它倒在锅台边上白底牡丹纹的漆盆里。细腻的红豆沙在盆里堆成一个小红山,那小红山里藏着你的好奇和渴望,还有回忆。

炕桌上不断地淌出红豆沙的水,盆里的小红山也在不断地增高,灯光虽然昏黄,却还在亮着。那个夜,很安静。

发面饼

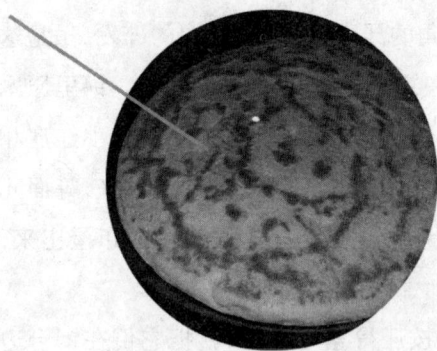

　　北方的面食比较多，北方人也普遍爱吃面食。而你小的时候，并不是每家每户都有面。你妈妈说，你断奶的那年冬天，给你买了一小袋白面，整整一个冬天和第二年的春天，你一个人吃完了一袋面。真的是你一个人吃完的，你妈妈把它做成了饺子、面条、面片、疙瘩汤……你爸爸和你妈妈没有舍得吃一口，他们吃苞米楂子——大米对他们来说想都没有想过。

　　也不知道是不是因为面是断奶之后最先吃的东西，你对面食有着莫名的亲近感。

　　后来你们家渐渐好了些，就开始吃大米和白面。每次你爸爸扛回一袋大米或者白面的时候，你心里总有一种踏实的感觉。或许人对生活的最低要求就是口腹之欲了，有了粮食，便觉得活得自在些。这种寻求踏实的经历在你弟弟身上就表现出对口粮田的渴望。好像村里每家都有个弟弟，在计划生育罚得人们鸡犬不宁的时候，有个弟弟妹妹是件多么不容易的事情。刚开始弟弟没有口粮田，口粮田就是政府免费给每个人的一点儿地，供这个人基本的口粮之需。你弟弟是多么想有自己的口粮田，他经常问你爸爸和你妈妈他什么时候才能有地。这个问题，几乎是所有做弟弟妹妹的常围着爸爸妈妈问的问题。有更严重的，知道自己是超生的，见到村干部或者警察就吓得躲进土豆窖或者柜子里。

你弟弟没有躲。

后来你弟弟的口粮田分了下来,他对你妈妈说:"妈,我终于有地了!"

这是他盼了几年的结果。

有了地,就有了口粮,就有了生活的勇气和尊严。

你不知道你弟弟看到你爸爸扛回大米白面时会有怎样的想法,大概也会和你一样吧,甚至更为深刻。

慢慢地,你爸爸扛回的大米白面由每次一袋变成了每次两袋、三袋,甚至一下子把半年要吃的都扛回来。看着那四五袋摆在一起的感觉,似乎就拥有了全世界。

你妈妈和面的时候,会时不时地留下一小块面不用,把它放进面碗,然后放在碗架子里。这块面叫作"老面",是下次和面的时候用的。"老面"是一块神奇的面,下次和面的时候,把老面放进去,和在里面。和好之后,面盆上盖上盖帘,放在炕头热乎的地方,一个晚上,面就会发酵。

到了第二天一早,你妈妈洗了手,打开盖帘一看,原本半盆和好的面,能一下子发满一整盆,有时候发得多了还会把盖帘顶起来,甚至粘在盖帘上。她把面从盖帘上扯下来、搓下来,然后把面从盆里倒到面板上,开始做起发面饼来。

你喜欢吃发面饼。

你还记得镇上有个很老很瘦的老大夫,姓齐,大家都叫他齐大夫。每次你生病去他那里,他总会在给你看完病打完针之后,转过头对你妈妈说:"多给他做点发面的东西吃,好消化。"那温和慈祥的语气让你对发面饼有了更深的喜爱。

你妈妈把面团揉成了一个大面条,然后用菜刀切成一块一块的,再用擀面杖把切好的面块儿擀成饼,那一张张圆圆的饼就依次摆在面板上。擀饼的时候,你妈妈的手上、围裙上都会粘上面粉。

你和弟弟时常在一旁看着你妈妈和面擀饼,一边看着,一边随便说着什么事情。你弟弟有时候还剥好一块糖、洗好一个柿子送到你妈妈嘴边,边送边喊:"妈!"你妈妈一张嘴,咬了一小口。你弟弟就盯着你妈妈的嘴:"再咬一口。"你妈妈就又咬了一小口。那是你家里一个温馨的场面,它时常反复回放着,在过去的二十几年里,在未来的几个二十几年里,永远也不会变。

擀好了饼,你爸爸也把灶坑点着了。倒上多半勺油,油沿着锅壁往锅底淌,不一会儿,就热得"滋滋"响。你妈妈把发面饼从面板上拿起来,托在右手,顺势往锅里一放,发面饼就老老实实地贴在锅壁上了。一锅能贴五六张饼,形成一个大梅花的样子。过一会儿就把饼依次翻过来烙,一边翻饼,一边往灶坑里添柴火。

锅底儿的发面饼最好吃,因为锅底儿的油比较多,发面饼被烙得金黄金黄的,你站在锅台边看着那张饼都直咽口水。每一次锅底儿出来的那几张饼都被你和弟弟吃掉了。其实,后来的第三锅,你妈妈就放了一点水,就着锅里剩下的一点油,烙出几张颜色发淡的发面饼,那几张和油放得多的颜色完全不一样。

它们是你爸爸和你妈妈的。

那时的你未曾想过你爸爸和你妈妈的路是怎么走过的,未曾问过他们的身上有着怎样的故事,但是那份隐忍和坚韧是你时常能够看到的。那是一种淡得如同用水烙过的发面饼一样的颜色,虽不强烈,却真实地存在。

你和弟弟在屋里桌子旁开始吃起发面饼,你妈妈还在外屋锅台烙最后一锅。她把面板立在了门口,然后喊正在院子里喂猪的你爸爸:"猪喂完了吗?喂完我们好吃饭!"

引 针

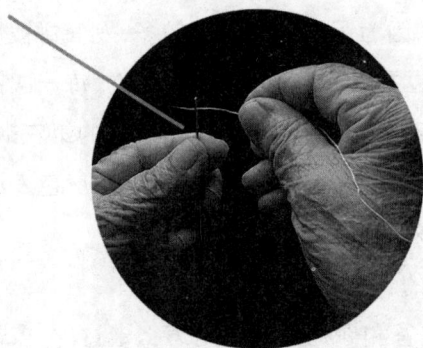

　　阳光被布料抖起的灰尘分散成一个一个小亮点儿,在南炕上空顺着布料飞舞着,一会儿上,一会儿下,一会儿又停留在半空中。小亮点儿游移着,披着阳光的它们并不胆怯,反而从容自在,没有约束。它们借助哪怕一丁点儿的微风也能划出美丽的轨迹,直到全世界都静止下来,它们再决定慢腾腾地降落下来:降落到炕席上,降落到布料上,降落到针线堆儿里,或者降落在你妈妈缝缝补补的背影里。

　　那时你家还是南炕,南炕紧挨着窗户。天气晴好的时候,阳光就透过窗户照到南炕上。对于你们村庄的人来说,炕,并非只是睡觉休息的地方,还有许许多多的活儿要在炕上完成。就比如,你妈妈正在做的,针线活儿。

　　你一直理所当然地把你妈妈和这些女人该做的缝缝补补的事情联系在一起。大概在你的印象里,在现实的生活中,你妈妈就是拿着针线剪刀,在炕沿边儿上,或者坐在南炕上,拆着旧年穿过的棉袄棉裤,剪着今年要穿的衣里衣面,絮着一层又一层的棉花,上着一双又一双的鞋,甚至还把大人的旧衣服改成你和弟弟穿的衣服,把磨破了的裤子或者鞋面补上一层结实的布。你妈妈有一个正方形的红布包袱,专门装着各色各样的碎布条儿和碎布块儿,包袱包得整整齐齐,放在屋子里左边皮箱子的上层。包袱的旁边,还有一个长方形的铁盒子。那个铁盒子以前是装什么的你已经不知道了,从你认识那个铁盒子开始,它就被装满了针线、顶针儿、扣子、拉链……里面还有几枚一分两分的硬币和几根你爸爸用来钉猪圈门的钉子。每次你妈妈做活儿的时候,都要在那个红布包袱和那个铁盒里翻来翻去地找几遍,有时候干脆把它们打开着放在炕上,做活儿需要的时候再找。

南炕的光线很充足,你妈妈引针的时候并不费力,大概因为那时你妈妈还年轻,眼神儿还好。你也引过针,你太姥姥有时候会在你家住几天,你妈妈做针线活儿的时候,你太姥姥就要补袜子。你太姥姥鬓边的白发,你妈妈额角的碎发,在低头缝补的时候,被布料抖出的灰尘沧桑出一段无法言说的岁月。那祖孙俩家常缝补的画面在你眼里安稳得似乎可以忘记贫困与疲劳,而画面里的两个人,又何尝不是有着许许多多并非安稳的故事!

你太姥姥年纪太大了,眼睛看不清楚针孔,她就喊你和弟弟帮她引针。

你左手的食指和拇指捏着细细的钢针,把针孔的一方向上;右手的食指和拇指捏着线头,把线头在嘴唇上抿一下,线头上毛茸茸的几丝细线便黏合在一起。你对着半空举起针,眼睛紧紧地盯着针孔,一眨也不眨,把线头对准针孔往里穿。有时候线头上多余的小细线会碰到针孔旁边,没有对准,线头随着就歪了,引不上。你就再用嘴唇抿一下线头,或者用拇指和食指捋一下线头,继续穿。你眼睛盯着针孔的时候,只能看清针孔,周围的一切都未曾入你的眼,那种真切与朦胧、明确与模糊的界限,在引针的时候感受得最为强烈。你从引针上面尝到了盯着一个细小的东西看的乐趣,你开始盯着树叶的叶尖儿看,盯着远处电线上的燕子看,盯着南园子里开着的倒卷莲的花蕊看……在这样的盯着里,你发现任何一个细小的东西,都能变得足够强大。在它们的身上,都有着能够让自己强大的力量。

　　就像针,一旦穿上了线,便能够把百尺千尺的布料缝制成你们身上的棉衣和脚下的鞋。在一年又一年的加大号码中,针和线始终没有改变,它们一如既往地在你妈妈的指尖、在布料的灰尘、在你们的衣服鞋子里穿梭,再穿梭。而拿捏着针线的人,却在你们的长大中渐渐地衰老,甚至渐渐地离世。那祖孙俩家常缝补的画面,你只好在梦中或者在文字里,细细地回味。

　　你未曾问过你太姥姥的一生引过多少次针,你也未曾问过你妈妈缝了多长的线。即便你问了,大概她们也不会记得。你妈妈能说得清某一年她做了多少双棉鞋、做了多少双夹鞋,她说得清某一年用了多少的棉花絮了多少件棉袄和棉裤,她也说得清某一年用谁的衣服给你和弟弟改了一件怎样的衣服……你不知道她引过的针的次数能抵得过她多少次对你的呼唤,你不知道她缝过的线的长度能抵得过你回多少次家的距离。

　　而人生又何尝不是那细细的针孔,我们用一生在随着这枚针穿梭,又会穿梭出怎样的衣服和鞋子呢?

　　屋子里的灰尘又飞了起来,你呆呆地望着它们。

井边花

东墙外的晚风并不强烈,吹在你的脸上有点凉。这一点凉却把你的困意驱走了,你爸爸把你身上的大衣往上拽了拽。你趴在你爸爸的背上,睁开了惺忪的睡眼。

已经走到院子里了。

刚刚在你姨姥家,大人们唠嗑,你和弟弟在一旁听着。你姨姥家的你大舅趴在炕上写作业,他只比你大三四岁,比你高几个年级。他写的是什么你完全不认识,但你知道他写得很认真,因为他的作业本上的字很工整,大人说话的时候他也没有停下来。你看着他写作业的样子,想着他当时会想些什么,可是你没有想出来。

也不知道过了多长时间,你有些困了。你迷迷糊糊地喊你妈妈:"妈,我要回家睡觉!"你妈妈说:"再等一会儿。"

你也不知道到底等了多长时间,因为不一会儿你就睡着了。你朦朦胧胧地记得你爸爸把你抱起来,背在他的背上,你双臂搂着你爸爸的脖子,趴在他背上继续睡。

你抬起头,正好看见正南的天空中悬着并不圆满的月亮。月亮有点像你们家蒸出的椭圆形的苞米面的大饼子,只是大饼子的颜色是金黄的,眼前的月亮是洁白的。月亮里依稀能看出桂树的轮廓,周围飘着三两片细长淡灰的云。夜风把云吹到月亮前,遮住了月亮里的桂树，又把它们吹开，月亮便清晰起来。

从月亮里，飘来一股暖暖的香。

你细细地闻了闻，的确很香！

原来月亮的下面正好对着你家的南园子里那口水井和水井边那棵开花的树。

借着月亮的光，树上一簇簇的花开得倒也明亮。在夜晚的花香中，趴在爸爸的背上看月亮，让你觉得整个世界都是暖的，让你觉得那暖暖的香就是从月亮里飘过来的。只是那惺忪的睡眼阻碍了你的记忆，那明亮的花与月，在那深蓝的天与漆黑的夜中，只剩下那一两眼的朦胧，你只把那来自花与月的暖暖的香，和来自你爸爸后背的暖暖的体温锁在了你的记忆里。你已然忘记那棵树的名字，却始终记得那种暖暖的感觉。在你以后的人生中，你不断地寻找那棵会开花的树，不断地寻找那从月亮里飘来的暖暖的香，而任凭你如何去遥望去细嗅，你都只能对着一轮冰冷的月亮细数他乡的花朵了。

井边的那棵树长在那里似乎已经有好多个年头了，它是谁种的，在什么时候种的，你也完全不知道。从你能记事儿的时候起它就长在井边，你从没有看到过谁家的树会长在井边，更没有看到过谁家的树还会开花。

它杯子口粗的枝干从井边的土地里伸出来，高过园子外的篱笆。枝干的上面又分出了好多细长的枝条，枝条上长出心形的叶子。因为生长在井边，所以打水的时候，能从井里打出它飘落的叶子和凋零的花瓣。

它的一辈子会长出多少片叶子，开出多少朵花呢？

它在井边的角落里不言不语，但是你相信它一定也有感觉和记忆。它把根伸进了黑土地里，它的根和种在黑土地上的苞米大豆的根交织在一起，一起触摸黑土地的脉搏。它和所有黑土地上生长的植物一样面对着阳光与风雨，面对着严寒和酷暑。它和所有黑土地上生活的人们一样沉默寡言,即便会开花,也低在尘埃里。

这种近似孤寂的低调显得有些冷清,谁愿意把花香留给夜晚对着月亮兀自寂寞?谁愿意拒绝红尘的热闹偏居一隅孤独终老?要不是那个夜晚你在睡意中偶然发现了它,恐怕它也很难在你幼小的记忆里挤占那么一个位置,让你凭着那么一点明亮一股暖香对它念念不忘。

它一定在那里默默地看着这个村庄,看着这个村庄里太阳和月亮的升与落,看着这个村庄里男人和女人的悲与喜,看着井台在冬天里结冰,看着屋檐在夏天里滴雨。它看着那晚的并不圆满的月亮和月亮下你爸爸背着的你,你不知道它是否知晓那晚它带给你的感觉,但是当你想再一次寻找回忆的时候,却连一片叶子一片花瓣都找不到。

月亮下,只剩下一口孤零零的水井。

水井旁,只剩下一块空荡荡的土地。

你陷入深深的失落里,那多看一眼多闻一下的缘分,竟然如月亮边飘过的云,无踪无迹。

你闭上眼睛,细细地闻了闻,那月亮的香,那花的香,依旧暖暖的。

在你的记忆里。

火炉

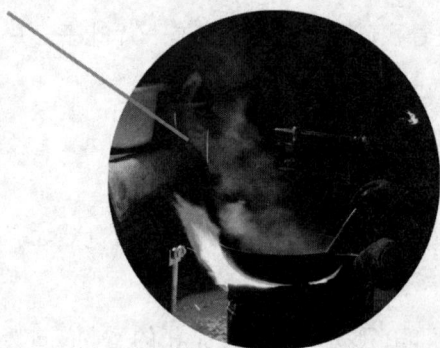

一场大雪过后，它们会在雪下安眠，等待着春风春雨将它们融进泥土里。 （摄影：吴春玉）

你的手在洗脸盆的热水里泡了好一会儿，手背的皮肤现出嫩红的颜色来。从你手掌漫延到你身体里的热流就好像是武林高手在给你输送功力，让你浑身振奋起来。热水波纹下的红色的手，更像是伏在水底的鲤鱼。你上下轻轻地浮动起手指，那条鲤鱼就摆起了尾巴。只是它还不会吐泡泡，它的红其实是肿起来了。它并没有鲤鱼一样的鳞片，它的皮肤上生了一种病。你不太清楚那是什么病，但是治病的过程却很痛苦。

你在热水里泡得再也感觉不到热了，就把手拿出来。擦干手上的水，你妈妈在你的手背上涂了一层厚厚的药膏，然后你就耷拉着双手一步一步蹭到火炉边，把手背对着火炉烤。

炉子里的火烧得很旺，因为今年的苞米瓤子很干，很容易着。你爸爸从南园子里抱回了一大筐苞米瓤子，放在外屋的柴垛旁。炉子里的快烧完了，就打开炉盖添了一些。刚往里添的时候，有火星儿不断地往外窜。不过,火星儿马上就顺着炉筒子飞出去了。炉筒子经过里屋插进了烟囱,火星儿是跑不到烟囱里的。它们在炉筒子里还没有跑到半路就熄灭了,然后变成灰,堆积在炉筒子里。等堆到炉子有些不通气了,你爸爸就把炉筒子卸下来,扛到外边房后的大道上去磕打,里面的灰就掉了出来。

冬天的大道上有各种各样的灰:煮饭烧火的灰、炉子里的灰、火炕里的灰、煤灰、木头灰、苞米秆灰、张家的灰、李家的灰、前院的灰、后院的灰……它们以灰的样子彼此相识,却并不记得彼此变成灰之前的样子。他们在北风中漂泊,漂泊到沟子里、篱笆下、猪圈根儿。有的灰甚至飞扬到邻近的村庄,和临近的村庄里的灰结伴儿,说话,跳舞。一场大雪过后,它们会在雪下安眠,等待着春风春雨将它们融进泥土里。

你无法跟着一群灰漂泊,而你却实实在在地与它们邂逅。你看得清它们的今生来世,它们与你的生活也密切相关。

炉子的火烧得很红,有一股一股的小火苗从炉盖子中间的小洞往外冒。你妈妈叫你把手往前伸伸,你低头看了看自己的手背,那简直是冒了油的猪蹄!过年的时候,有的人家会在院子里支个小炉子,点上火,烤猪头,烤猪蹄,烤得黑黑的、煳煳的,冒出一股让人流口水的焦味,然后把烤完的猪头和猪蹄洗净,放在大锅里用水煮。你很担心自己的手也被烤得黑黑的,煳煳的,再冒出焦味来,所以十分不愿意把手往前伸。

而你不得不往前伸。

只有这样,药膏才会发挥作用,把你手上的病治好。

这是一种不同于在热水里的热,火的干热不断地传到你的手背,透过手背的皮肤直达肉和血管,似乎你手掌里的骨头都感觉到火的可怕。

这种可怕，让你想到死亡！

人和火之间最为完整的接触大概莫过于死亡之后的火化，你们村里死去的人都在人们的哭声中被一辆车拉去火葬场火化。听说火葬场有一个巨大的炼人炉，炉子肯定不会像家里取暖的炉子那么小，它大得能装下一个大人，而不管这个大人有多高有多胖。炼人炉里有烧得比你眼前还旺的火，人一进去，马上就烧得只剩下骨头，而且还是骨头渣！你不晓得死人在那里面会不会觉得疼，他的魂魄会不会痛。你从村子里一些暮年的人叮嘱儿子的话里知道，火化的滋味一定万分痛苦！

他们告诉他们的儿子，等他们死后，千万不要火化。

他们的儿子只好在老人的后事时打点各处，给老人落个全尸，完完整整、舒舒服服地下葬。

你打算将来也要这样告诉你的儿子！

你趁你妈妈不注意，把手背离炉子远了一点。人都是害怕被火烤的，天上地下，也就孙悟空那个不听话的猴子不怕太上老君的炼丹炉。他在里面烤得那么久，身上的毛都没有烤坏，还钻了出来踢倒了炼丹炉。你要是那么一只猴子就好了，哪怕压在五行山下，整天吃桃子逗小孩也挺有意思的。

而你终究还是在火炉旁烤着手背的男孩。

你多么希望手背能马上好起来，那样的话，你就不用对着一个烧得很旺的火炉胆战心惊。这种几乎酷刑的方法很容易让你觉得自己就是电视里那打入死牢的罪犯，面对着烧红的烙铁贴在心窝而无可奈何。而后来，你面对了很多这样的无可奈何，在无数的无可奈何中，你学会了告诉自己要坚持。就像伏在一根长长的垄台上拔草，既然看不到远方的地头，就不要想未来的方向，索性把头低下，去做最该做的事，心无旁骛，近乎虚无。

　　火炉旁的你还虚无不得,你爸爸又添进了一点苞米瓢子,又有火星不断地跑进炉筒子里,火苗从炉盖子中间的小洞又一股一股地冒出,你妈妈又叫你把手背离炉子近一点……

　　而你,还在想着死后千万不要进炼人炉的事儿。

南迁北徙

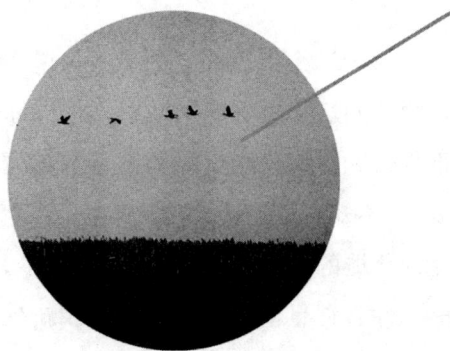

【一】

　　对于一个年近而立的男人来说,本就不应该在近乎青灯黄卷的桌前回忆那些陈年的往事。也许你应该做的事情有很多很多,而你偏偏在滚滚红尘中望见了空无,看透了悲喜。你不知不觉地长大,不知不觉地从北国只身来了江南,然后每年都像候鸟一样在南迁北徙的风雨中做着虚无缥缈的梦,向往着平淡如水的生活。

　　你看得见窗前葱郁的香樟和新生的翠竹,却始终抓不到年幼时飞到屋檐的燕子;你的屋子里结满了蛛网,却再也找不到一个树杈去追赶南园子里的蝴蝶;你没有了叉子,翻不起土地下潜伏着的蚯蚓;你失眠的时候,听不到夜半墙脚鸣叫着的蟋蟀……你对着桌前的白墙希图在灯影中画上你从前做的手影,却在那并没有影子的白墙上画上了满眼的惆怅。你问自己到底想要些什么,而你得到的,永远都是无言无声的凝望。

　　你把自己锁在了一个幽深的角落,你想摒弃一切独自过一段没有人打扰的生活,而你又不得不在碌碌的尘世中带着假面浮夸地高歌。那隐秘在心底的哀叹终于弥漫在你整个的身体和灵魂中,你只好仰望天边的月,去遥想那千里之外的曾经的自己。

　　站在三楼的栏杆前,有徐徐的风从你的面颊拂过,你长久地伫立在那里,假想着那风会带给你那个村庄的炊烟。你并不懂得什么是乡愁,而它却来得那么汹涌。你陷入了深深的回忆无法逃离,却要整天面对着所谓的现实。你明知道没有人能读懂,却还在文字中不断地撕扯着往事。往事被你撕扯得零零碎碎,你的心也被往事撕扯得满地斑驳。

　　那一年南下的火车把你的童年你的记忆狠狠地抛在了那个没有人知晓的村落,火车经过一座座山,一条条河,硬生生地把你丢在了这片举目无亲的滩涂。你打量着彻夜不眠的霓虹想象不出未来的样子,只好在夜阑人静的时刻,让漂泊的灵魂游出疲惫的躯壳。

　　你在一片长满荒草的空地上守候寂寞的日落,你想把自己变成一粒尘埃,随着风飞到村子西边的坟墓。在属于你的那块地上,静默地看着冬日的星空,听着林间的鸟鸣,想着有个孩子会拿着一根树权悠闲地放鹅。有一条小溪静静地流过,有回家的人们大声地吆喝。你在那片坟墓的泥土里看着村子里的人日复一日年复一年重复着同样的劳作,你读得懂他们的辛苦,看得见他们的收获。

　　而你,终究要继续漂泊。

　　你像一个在梦中行走的游魂,从一个梦境游荡到另一个梦境,再从另一个梦境游荡到更深的梦境。你不知道自己会在哪里停留,在形形色色的人的中间,你只能孤独地游荡,你不得不孤独地游荡。也许在别人的眼中,那真是一种悲哀与荒凉,对于你,却是无法决定的选择。你常常看到别人那轻易就能得到的满足,你的心底,却时常产生人世的虚无。你掏空了一切的同时也掏空了自己的心,你怀念一切的同时也怀念着自己的心。你说不清你的心底还有什么,你害怕知道自己心底还存在什么。

　　在那长长的迁徙的路上,你只好对着往事诉说。诉说那永不再来的欢乐,诉说那浓浓淡淡的忧伤,诉说着雨打阶前留下的伤疤,诉说着风吹南亩带来的希望……你不断地编织着曾经的梦境,把自己还原到最初的模样,而你终于发现,那些碎裂着的往事深深地刻在了你的心底,让你的青春充满了说不清道不明的悲伤。

你似乎还是那个蹲在苞米地头在荒草中捉蚱蜢的男孩,而真正走进了一片荒草,却发现那只蚱蜢早已没有了踪迹。你两手空空,双目茫茫,任凭你怎么寻找,也找不到曾经的那个啤酒瓶。你不能亲眼看见一株苞米从播种到收获的过程,你不能亲手拂去豆角叶尖停留着的花大姐,你不能再赶着一群白鹅顶着圆圆的月亮走回家,你的心在默默地叹息。

你点上一根烟,把迁徙的惆怅吹成了圈。

【二】

你妈妈躺在你的床上给你讲着小时候的故事时,你正坐在电脑前一边打字,一边安静地听着。在你写这些散文的暑假里,你妈妈从东北来到了上海。这是她平生第一次走得这么远,也是她平生第一次在离家千里之外的地方和你拉拉家常,说说往事。

你一直都想为你妈妈写些什么,这既是你的想法,也是你妈妈的愿望。你还记得你刚刚工作的时候,在新人介绍的那一天,你郑重其事地向你的同事介绍了你妈妈。你妈妈不是什么出名的人,没有做过惊天动地的事情,她在那个偏僻的乡村里踏踏实实地走着她人生的路。她不奢求什么,她的踏实像极了那片沉默的黑土地。在一年又一年的岁月更迭里,沉默出条条皱纹,踏实成丝丝白发。

你和你弟弟是她和你爸爸的生命的延展,你自然想延伸你妈妈的人生之路,所以你努力地让自己的路走得更加宽阔。你把你妈妈带到了你在南国生活的地方,让你妈妈打量着你居住了四年的寓所,让你妈妈走进了你工作了四年的学校,让你妈妈的脚步寻觅着这四年里你穿梭过的城市,让你妈妈的眼睛注视着这四年里你细嗅过的花朵。你妈妈站在三楼的阳台上吹着你吹过的晚风，看着你看过的绿竹，听着你听过的曲子，你不知道她的心里是否也有着你有过的惆怅和希望。但是你从她的眼神中能感觉到一种母亲就在身边的安适，一种哪怕一贫如洗只要有母亲在就有整个天地的踏实。

你和弟弟计划着带你妈妈去旅游，你妈妈却忙着给你们包饺子、洗被子、收拾房间。她计算着在你这里待多少天能干多少活儿，以至于在临走的时候，包了五百个冻饺子，塞得冰箱里满满的。她把一切都打点好，然后带着不能多陪你几天的遗憾坐上了开往东北的列车。

在西湖边的餐馆里，她会忙着给你夹菜让你多吃一点，而那些菜分明是你特地给她点的；在人潮如织的地铁里，她会笑呵呵地看着别的夫妻领着两个小孩子，似乎在看着从前的她领着你和你弟弟；她穿上了那一年你从南京买给她的裙子，站在泰晤士小镇的花墙边笑呵呵地让你拍照；她光着双脚走在金山的沙滩上，迎着海风望着不远处的小岛。她笑着拉你的手，给你指着海洋馆里游来游去的小企鹅；她透过防护玻璃，喊你快看动物园里坐在木床上吃竹子的大熊猫。那样子还像你小时候她带着你认识南园子里的花花草草，认识这个世界的车水马龙。在陪你妈妈一起旅游的时候，你似乎变回了孩子，又似乎不再是一个孩子。

有一天，学校里有事情，你妈妈就在家里给你准备午饭。当所有人都在学校吃午饭而你要回去吃你妈妈做的饭时，你突然有一种说不出的温暖。有同事笑着说你有妈妈做的爱心便当，而只有你知道，这样的爱心便当，对于一个游子来说，是多么的奢侈，多么的珍贵！那一瞬间你觉得，什么山珍海味、功名利禄通通都是过眼云烟，你所能把握所能珍惜的，其实不过就是你妈妈忙碌在锅边的身影。而这个身影，你一年又能看到几回呢？

你因长久的学习和工作而离开家，不在爸爸妈妈的身边，你认可了这是一种独立，却不敢承认这是一种孤独。你想用自己的脚步去闯开一条路，你相信那片黑土地给予你的踏实的力量，而你不得不承认，那种远游在外的漂泊是一种无法言说的无可奈何。

你妈妈把你的窗擦亮了，把你的衣服洗好了，她似乎有着干不完的活儿，她并没有想着要到哪里去玩，她觉得只要在儿子的身边便是一件值得高兴的事儿。她到市场里去买菜，告诉那位普通话说得不太好的老阿姨她要给儿子包饺子，然后指着你说，这是她大儿子。那位老阿姨就笑呵呵地看着你妈妈挑菜，你妈妈的脸上也挂满了笑容。这样的场景不断地出现，一如你小时候的样子。如果生活真的就这样平淡如水，也许你就不会如此的敏感，如此的小心珍惜。

你妈妈回东北的时候一定要坐火车回去，她要看看当年你沿途看过的村庄，听听当年你听过的汽笛。她要用她的生命去体味你的生命，要用她的呼吸去感受你的呼吸。

你妈妈回东北之后，你依旧放着那首近乎忧伤的曲子在电脑前打字，你右手边的床上却空空荡荡。你时不时地停下来，向你妈妈曾经躺过的地方凝望，拼命地想着当时她说话的样子。她笑自己太笨，有时候给你发短信还写错字。在你写完上一篇文章的时候，她发来好长好长的短信，她说读了你的文字好心痛，她安慰你要坚强。你没有看见你妈妈是怎么样打出那样的短信的，但是你知道有母亲疼的感觉就是坚实的力量。

家里已经到了秋收的时节，你爸爸和你妈妈又将围着那个村庄在四周的田地里收割。但愿秋夜的风霜晚些降临，不要让你妈妈的白发再多染了沧桑。

【三】

你本就是一个安静的人，你不喜欢红尘中的熙熙攘攘，不喜欢人群中的高喜狂歌。世事变迁，沧海桑田，到头来不过是一段黄粱米香中的痴人之梦。你愿意做一个痴人，却不想做着痴人的梦。你摒弃了一切的悲喜，在一个空杯子里顿悟着你漫长的人生。

而你始终没能顿悟。

你把你的心低到了最低处，让它时时刻刻感受着那来自土地的独有的气息和那最卑微的生命的力量。当钢筋水泥蔓延在整个城市之中时，你多想像小时候一样趴在土地上写作业，站在麦秆垛上看太阳。你直立成一个在城市里穿梭的人，却更加认同自己是个村庄里的人。一切自然冷暖的变化都会让你想到和土地和庄稼和那个村庄的点点滴滴的关联，就如此时，南国的桂花开了，在阳光中散发出郁郁的暖香，而北国的那个村庄正在寒霜到来之前起早贪黑地收割。你帮着他家收大豆，他帮着你家收苞米，多少个傍晚都是顶着月亮回家，然后围坐在热乎乎的炕上，大口吃着猪肉，大杯喝着白酒。那酒里从没有桂花，却有着比桂花还醇郁的香。

上班的时候，你每天都从那排香樟树下走过，下班的时候，你依旧从那排香樟树下走过。香樟树的叶子会在一场场春雨中冒出一簇簇嫩黄的颜色来，又在春末夏初的时节飘落下旧年的枯叶，它一年四季都是绿色的。你多少次都想停下来数一数你到底经过了多少棵香樟树，可是每次都在匆忙之中忘却，你看着垂下的香樟叶想着香樟之外的事情。曾经多少个夏天，你都躺在西树林的空地上，高高的杨树叶子在白云下扇动着，阳光透过叶隙漏在你的身上，你的脸上，你的鼻头上。你翻过身，拿着玻璃瓶底做的放大镜聚好光追着一只蚂蚁烤，把蚂蚁走过的黑土烤出一股淡淡的白烟来。那白烟飘不到杨树的树梢，那香樟未曾邂逅当年的阳光。

你习惯了晚一点下班，习惯了避开拥挤的人群看着夜幕将世界包围，习惯了夜晚开一扇窗听听风吹竹叶，然后在竹叶并不吵闹的声音里长久地呆呆地坐着，什么都不说，也什么都不想。你默然地抚摸着桌前小花盆里伸出的绿叶，你把它养在了你的眼前，它却如你一样渴望着自由。

你的眼皮有些重了，你却舍不得闭上眼，这种感觉似乎是还在等待什么，而又从来没有等待来什么。

秋夜的风终究有些凉了，风吹起了窗帘，不断地撩拨镜中那疲倦的脸。

【四】

昨晚从九号线出来的时候正下着雨，你没有带伞。在地铁站里走了一圈，也不想再买伞。你已经买过很多把伞，都是路上遇见下雨的时候买的，那些伞基本上就用过一两次，你不常带在身上。有些明明已经准备好了的事情，你却因为总想着也许天气会一如出门时的晴朗而并不在意。从地铁站到你的住处也并不远，雨下了一会儿就小了，你决定走回去。

路上的积水湿了你的鞋，你低着头看着鞋尖往前走。那条路你不知道走了多少遍，自从来到上海之后，你多少次在这样的晚上从地铁站里出来，若有所思地走回去。路灯和地砖一定记得你的脚步，那高楼顶端的广告牌也一定记得你的身影。在你刚刚来这里的时候，你漫无目的地闲逛，都是那个高高的广告牌指引你走回来。它彻夜不息，红色的灯光让你在很远的地方都能看得到，你曾多少次指给你的朋友，告诉他那个广告牌曾经帮过你多少忙，让你无论在多晚的时候，都能安全地走回去。

走到半路雨就大了，车灯闪过的地方，那雨线如注般在地面上溅起一个又一个泡泡，你起紧躲在了一个理发店的门前。理发店早就关门了，屋檐滴下的雨落在门前两盆你叫不出名字的植物上，你就和这两盆植物一起，伫立在深深的夜雨中。

你想叫一辆的士载你回去，可是你只有一条街就到了，的士开过的时候也根本看不到屋檐下的你。你拍下眼前下雨的照片发给你的朋友，你说你在雨中搁浅了。你并不希望有人能来救你，你突然喜欢上那种搁浅的感觉，似乎你一直都是在搁浅，从来没有寻找过港湾，也从没有寻找到过港湾。

你还是决定淋一场雨。

你摘下眼镜，走了大雨里。

在雨中行走，你不想再看着鞋尖，也不想再看着脚下的路。你抬起头，任雨滴在你的脸上，你看见路边日日经过的香樟树也没有在雨中低下头，它们依旧是站立昂首的姿态，去承受这自然的风雨。

你多少年都没有这样干干净净地在雨中行走了，那雨落在你的肩头，隔着麻布的衣服，你和雨水那么亲近。多少年前的时候，你也是这样淋着雨回家，和你的好友，背着书包，或者推着自行车，在泥泞的沙石路上，在长满稗草的林间小路上，你们并不觉得有多狼狈。那时回家的路很远，你们多少次在雨中快步地往回走。

而这一次，你走得很慢。

住处就在眼前，很快就会到达。而家却在千里之外，只有你的心能够到达。

就在这样的雨夜里，你又重新在文字中回忆那些遥远的往事了。这一次，也许你的回忆该告一段落，也许你的文字结束了，而你的回忆会在心里继续蔓延。

你用了整整半年的时间把你的往事记录下来，还是春天燕子飞的时候，你抓住了往事的影子，然后一下子陷了进去，在往事中做了沉沉的梦。那个炊烟袅袅的村庄依旧安安静静地守候在辽阔的东北平原上，那些朴朴实实的村里人依旧勤勤恳恳地劳作在安静的村庄里。而你，却只能用这样的方式去亲近他们。他们一定都还保留着你走时的容颜，一定都还记得你年幼时的样子。在时光悄然流逝的变迁中，你宁愿相信一切都没有改变。

至少你自己没有改变。

你在一篇篇往事中回归了那个村庄，那个村庄里飞舞的白蝴蝶，那个村庄里悬挂的蜘蛛网，那个村庄里的杨树林和喜鹊窝，那个村庄里的白菜地和豆角架，都成了你回归的理由，成了你回归的向往。你会沿着那群白鹅回家的路，再仰望树梢的明月；你会坐在滴雨的屋檐下，细嗅南园子里的柿子香。你爸爸穿着高大的雨靴从南园子里摘回满满一筐的瓜果，你妈妈围着旧了的围裙在锅台边烙着油汪汪的发面饼，你弟弟笑嘻嘻地递给你他剥好了的一块糖……这往事中的一切都那么清晰，那么触手可及。

　　不是每个人都愿意回忆往事，也不是每个人的往事都被写在文字里。那个村庄，那个年代，那群人，那个你，你又怎能忍心舍弃，又怎能轻易就读懂？

　　窗外的雨依旧下着。

那些往事就在一个叫吴管事屯的村庄里，就在这样的秋雨中，把往事写完，又似乎永远也写不完。　感谢和我一起生活过和素未谋面的人们，你们的往事在哪里？　你们的往事将何以依托？